U0152928

我的出走日記

1

前言

- 本書在尊重朴海英編劇的劇本寫作形式的前提下，根據原劇本進行編輯。
- 考慮到戲劇台詞的口語形式，為了呈現劇中語感，即使與現有韓文拼寫規則有所出入，仍保留這樣的表達方式。
- 逗號、句號等標點符號與台詞換行方式亦遵循作者的方法。

My
Liberation
Notes

我的出走日記

1

朴海英 劇本書

莫莉、郭宸瑋、黃寶嬋／譯

用語列表

INS.（insert）	連續畫面之間插入的畫面。
# （scene）	場景。同一場所、同一時間內發生的連續行為或是台詞所構成的場景。
E （effect）	效果音。畫面之外響起的聲音或台詞。
F （filter）	電話另一頭的話聲或內心獨白。
OL （overlap）	前一個畫面與後一個畫面重疊的場景轉換手法，或是一個人的台詞結束之前，銜接另一個人的台詞。
切入（畫面跳轉）	從一個場景過渡到另一個場景。
蒙太奇（montage）	將多個場景組合再一起，並在短時間內呈現出來的剪輯手法。

目錄

本劇核心

生活中，你有多少打從心底感到舒適、愉悅的時刻？總是覺得應該要做些什麼，強迫自己無論如何都要度過充實的每一天，卻力不從心、諸事不順己意……重複輪迴著無趣的每一天。明明也沒有發生多麼嚴重的事情，為什麼就是不幸福呢？倘若如此，就連說自己沒問題都沒辦法。既不是「有問題」，也不是「沒有問題」。

唯一能夠明確說出口的是，我一點都不幸福。

出走，解放，喜悅。

你感受過這些事物嗎？你曾經抬頭挺胸，說出「啊，真棒，這就是人生」嗎？走在漫漫人生長路上，卻從未感受過這些情緒，不是很奇怪嗎？萎靡不振地活著，怎麼能夠稱得上是人生呢？要怎麼做，才能體驗到這些感覺呢？

也許，我們應該放下手中的計畫，試著隨波逐流，如何？

也許，我們都該試著去愛，如何？

也許，我們在人際關係中從未獲得滿足，所以才會如此氣餒無力，不是嗎？

與落後鄉村相去無幾的京畿道某處角落，住著平凡甚至帶了點土氣的三姊弟，某天他們忽然對這股鬱悶感到忍無可忍，決定出發尋找另一條路。

從生活中解放出來吧！

登場人物

廉琦貞

廉家大姊，市調公司組長

　　本以為隨著年紀增長，人就會變得成熟又時髦，就像是活在影集《慾望城市》裡。然而，沒想到每天都要花上三、四個小時通勤首爾，比首爾的那些人事物還要更快凋零老去。每天晚上，腳底彷彿要裂開、肩膀上像是坐了一個人。只要看見地下鐵車窗上倒映的臉，就不禁懷疑這個女人是誰。

　　我已經如此蒼老了嗎？在此之前。最後一次。誰都好。我要嘗試去愛人。無論是誰，一次就好，讓我來一場，熱烈的愛情。

　　為了不在人生中留下汙點，從一開始就在尋找能夠終生依靠的男人，然而一直東看西看……過去的人生就這樣孤身一人，只留下令人厭倦的時光。

　　現在，人生的最後一關，不管是誰，是誰都好，我要嘗試去愛一場。豁出去地愛一場。

廉昌熙

廉家老二，便利商店總公司代理

　　不管我說什麼，大家都覺得我不懂事。為什麼？為什麼總是要我閉嘴？我只是說出正確的事情。那些擺出一副很有邏輯、非常理性的樣子，嘴上頭頭是道分析情況的人，全都瘋了。你們以為人類的感情跟理性有什麼邏輯可言？沒有。自己的喜好才是邏輯所在。感情就是邏輯。這世上除了感情的法則之外，沒有任何法則可循。

　　我一下子就直指核心，讓其他人無話可說。那些人無法反駁，就說我不懂事，但是我絕不認同這個說法。我承認自己看起來沒有思考，但重點是我不會亂來。應該要有人知道這件事啊……我好難受。

　　算了，就這樣吧。無所謂了。說實話，我發現自己完全沒有可以立足的地方。錢、女人、房子、車子……大家都插著旗子耀武揚威，我只是盲目地隨波逐流罷了。明明沒什麼欲望，仍然一起跟著奔跑。沿著這條路一直走下去，絕對不可能得到幸福，只會感到疲倦而已。到此為止吧，勇敢的！

廉美貞

廉家老么，卡片公司約聘人員

　　我沒有被愛的自信，但有不被討厭的信心。

　　跟那些善於成為群體中心的同齡人相比，我沒有用言語吸引他人視線的才能。我的話語跟他們的不同。他們之間愉快而嘈雜的歡聲笑語，沒有一句真正進入我心中，而是就這樣從耳邊飛過。儘管如此，我仍總是面帶微笑，安靜溫順地傾聽。看著捧腹大笑的同齡人，我覺得拘束而抽離。

　　這些人真的感到幸福嗎？只有我的人生是這樣嗎？生活中只有令人心煩意亂的事。

　　縱使最開始面無表情，然而一旦有人進入視野，我的臉上便會不自覺地展露微笑，儼然一個充分適應社會的人類。不過，雖然我在公司組織裡這麼做，但面對生養自己的村子，卻從不掩飾冷漠的表情。獨自一人的時候，臉部表情尤為陰鬱。

　　那是一張隨時可以面對死亡的臉。生活無聊到令人疲倦。我從未跟任何人吵過架，活得樸實無華，然而對人的失望和不滿仍在心中慢慢累積（雖然沒有表現出來）。也許就是因為如此，才讓我感到整個宇宙只剩下我一個人吧？這不就是生活明明平凡、卻令人感到疲憊的原因嗎？如果有一個能讓我喜歡的人，只要有這樣一個人！讓我沒有一絲不滿，單純喜歡上的人！

　　去找出來吧，這樣的人。不要停下步伐，不要一蹶不振。這不是我的人生。找到正確的道路吧。我將踏上解放的旅途。

具先生

外地人

　　想要熬過一整天，還有比喝酒更簡單的方法嗎？喝著喝著就醉了，喝著喝著就晚上了……一天就過去了。這種生活也不錯啊。憂鬱是暫時的。悶悶不樂就繼續喝。村裡的長輩讓我幫一會兒忙，我就幫，之後一有事就叫我，又給錢又給飯。雖然一天不過幾個小時，但是一邊工作一邊喝酒，至少感覺自己不像個垃圾。

　　有一天，我突然來到這個村莊，靜靜地喝酒，人們不會貿然搭話或者拉我進入他們的世界。嚐過苦頭後，我現在應該是在休息吧。不和別人說話原來這麼舒服。我再次感受到這段時間以來，我在人群中把自己作為什麼樣的人放到了什麼樣的位子，多麼疲憊地在算計著生活。

　　就這樣過日子，老伯的女兒找上門來了。我不想讓沉浸在這生活中的我重新振作。面對男女關係，應該穿什麼樣的衣服、扮演成什麼樣的人呢？我沒有那樣的意志和精力。這個女人天生就有無法受到矚目的無彩色之感，在社會裡應該很辛苦吧，所以才會擺架子吧。哎呀，這個女人還挺像傻瓜的，沒有要退讓的跡象。

　　是啊，只是暫時的，那又怎樣。不安。和她越是幸福越不安。

廉濟浩

三姊弟的父親

　　從早上起床到晚上睡著為止，我一刻都不願休息。主要工作是在製作多戶型住宅的廉價水槽，有空的時候就下田。從來沒有買過咖啡喝，也不曾喘口氣坐下來休息。二十年前幫妹婿做擔保，由於看錯了人而讓生活變得搖搖欲墜，為了償債而吃盡苦頭，最後變成終日汲汲營營、埋首工作的人。我認為，既然已經在做這份工作，即使情況如此困難，仍保住了房子、保住了這片田地。上了年紀之後，我想說的只有這一句：「不要給任何人添麻煩」。

　　倘若進入老年後仍不想依靠別人，就必須這樣過下去。然而，我卻萬萬沒想到這件事。竟然會發生這種事。我宛如一下洩了氣的球。我怎麼會沒想到呢？怎麼沒想到會發生這種事呢？

　　我想起我每天對放棄工作、成為無業遊民的兒子說「有什麼計畫」時，兒子回覆我的話：

　　「爸，你的人生有按照你的計畫進行嗎？連來到這裡都是計畫好的嗎？」

郭慧淑

三姊弟的母親

　　我的生活中沒有任何新事物，就連筷子也是二、三十年前買的。我不去超市，餐桌上的食物通常都是用田裡種出來的食材做的。儘管如此，我還是每天準備美味的三餐。我認為即使不花錢，也要做出美味的料理，這是對先生每天勤奮工作的致敬。

　　我有三個小孩，這沒什麼了不起，小孩也沒什麼大問題，他們只要能像別人一樣，擁有平凡的生活就好了。但是，為什麼互相仇視、不得安生？為什麼那麼吵吵鬧鬧？每天忍受這些事情是一件苦差事。我先生對孩子的這些行為並不滿意，而看著先生的臉色，我心中更是焦急。真希望所有孩子都趕緊找到另一半，搬出家裡。

　　我仍然覺得你們的爸爸很好看，在我眼中非常帥氣。我怕自己是個沒用的老婆，所以總是藏起心思，低調安靜地生活。如果能把你們都送出去，我們倆單獨生活會很好。所以，拜託你們都快點搬出去吧！

曹泰勳

美貞公司的營運法務部科長

　　當初跟妻子結婚時，我以為自己拿到了最好的牌，但對妻子來說似乎並非如此。生活中，妻子臉上漸漸露出失望的神色，當妻子說要去國外留學的時候，我才終於感覺到：這樣下去，勢必要分開了。

　　雖然離婚了，但我依舊認為結婚是我人生中做過最好的選擇。理由只有一個，就是獲得可愛的小孩，宥林。但是，如今進入青春期的女兒，開始露出跟她媽媽如出一轍的表情，而我也只能承受。

　　為了照顧女兒，還要幫忙姊姊的店舖，公司、店、家、公司、店、家……身處於宛如轉輪上的天竺鼠般的人生。

　　可是……那個女人是怎麼回事？那個冒失鬼一樣的女人……

池賢雅

三姊弟的兒時玩伴

　　以前會跟昌熙、斗煥、政勳一起去山上玩耍，抓青蛙，踢
足球。我一直擔任隊長的角色。我二十歲時，全家人一起搬到
了首爾。在那之後，大家偶爾也會見面，然而即使許久不見，
也就像昨天才剛見過面一樣，彼此毫無拘束。這世上還有這麼
自由又熱情的女人嗎？我的人生故事對這片區域裡的鄉下朋友
們來說，既神奇又令人訝異。因為我跟許多男人約會過，所以
我講述的那些小故事對他們來說十分有趣。我對於「人類」情
有獨鍾，卻非常討厭自己。專長是在關鍵時刻出包、逃跑或惹
是生非，總是在能夠巧妙地避開開啟穩定生活的機會。

「我啊，還是比較適合生在朝鮮時代。這個須要挑選對象的時代，對我來說太艱難了。」

1　美貞公司外（白天）

蟬鳴自綠油油的梧桐樹上傳來，炙熱的高樓反射刺眼的陽光。

2　美食廣場（白天）

午休時間，上班族前往寬敞的美食廣場，一張角落的桌子坐著六名女性（韓秀珍、金志希、女同事1及女同事2與美貞同齡，白寶蘭比美貞還要年輕兩、三歲，跟美貞一樣都是約聘員工）。幾乎快要吃完午餐的時候，大家都把上身往前傾，小聲且快速地討論著，此時美貞依舊吃著大家一起點的剩餘食物。雖然美貞也認真聽著大家的對話，並跟著露出笑容，但那模樣卻像是置身事外。（主要拍攝美貞傾聽的樣子）

秀珍　我參加探戈舞同好會的時候被嚇到了，距離太近了，呼吸聲聽得一清二楚，怎麼有人的呼吸聲可以這麼大啊？

全體　（哎唷……）

秀珍　（跳探戈的動作）我把手放在部長的肩膀上，手上……都是熱熱的濕氣……

全體　（哎唷……）

志希　打桌球的人汗水都是用噴的，隨便動一動，汗水就滴得到處都是。

全體　（哎唷……）

秀珍　看到部長也來搭電梯，我不自覺就往後退了幾步。我還記得那天濕濕的觸感。真的別參加那種會流汗的公司同好會。沒理由讓我去摸部長身體擠出來的肉汁吧？

全體　（哎唷……）

秀珍　音樂劇、話劇這種觀看性質的同好會最棒了，坐下來各看各的就好。

志希　這種同好會的問題在後頭呢！明明對作品的感受跟解釋就因人而異，他們卻偏要強迫大家分享想法，我說覺得很有趣，他們就反駁我，我真的快瘋了。別人不聽他們的意見，他們還會生氣。同好會的成員不能也用年紀來區分嗎？

秀珍　（激動）就是說啊！不能跟公司建議一下嗎？

全體　到時候又要發脾氣了，那些部長們。

志希　（對女同事1說）你的那個同好會的成員大概都幾歲？

女同事1　大部分是四十歲左右。

志希　呃……美貞的同好會呢？

美貞　（被突如其來的提問嚇一跳）！

秀珍　她不是沒參加同好會嘛！

志希　啊，對耶，她沒有參加。

全體　（咦？）

女同事1　一個都沒加入？

美貞　（微笑）

女同事1　參加能拿補助金，怎麼不加入呢？有很多人甚至同時加入兩、三個呢！

美貞　沒有為什麼。（想用笑容打發對方，卻被盯著看）我沒有想學什麼。

志希　哪有人是想學東西才去的啊？當然是去玩的啊。能順便談個戀愛就更好了。（嘿嘿）

秀珍　走進去三秒鐘，我就知道裡面有沒有我的菜。十之八九都沒有，可以說是幾乎都沒有，真的沒有。但總是一次機會，為了這麼一次，我才跑十個同好會的！今天你跟我一起去吧？

美貞　（微笑）

3　保齡球館（晚上）

保齡球被扔出去，擊倒了保齡球瓶，歡呼聲響起……美貞坐在人群之中。秀珍似乎不是第一次參加這個同好會，十分適應與其他人的互動。一名有點年紀的男性主管摸了摸保齡球，對著美貞說：

男人　你沒有參加任何同好會嗎？為什麼？明明有很多不錯的選擇。

美貞　我家太遠了。

男人　在哪裡？

美貞　山浦市。

男人　龍仁那邊？

美貞　……水原附近。

男人似乎對美貞的回應不感興趣，拿起保齡球，專注地看著球道。坐在一旁的美貞感到相當拘謹，除了輪到她丟球的時刻，其餘時間都很尷尬。雖然她也會跟其他人一樣幫丟球的同事起身歡呼，但就連這件事都令她尷尬。即便如此，她依然擺出隨和的樣子，假裝融入環境，以免引起別人的注意。她忽然拿起手機，打開KakaoTalk發訊息。不參加同好會的理由，似乎是因為不擅長維持人際關係。她在廉家群組裡打下文字：
「我今天應該會晚一點回家……」
美貞靜靜看著手機畫面，等待未讀數字從2變成1。

4　　烤肉店（晚上）

江南站附近的烤肉店裡，琦貞正在用手機回訊息。
她放下手機，對著朋友們（金媛熙、鄭慧蓮）說：

琦貞　喂，我們可以再繼續喝，我今天要搭計程車回家。
媛熙　美貞今天也會晚回家嗎？

5 　保齡球館（晚上）

美貞看著對方回覆的訊息。

姊姊：「我也會晚回家，十二點江南站見。」

美貞的訊息旁邊，未讀數字還停留在 1。

6 　昌熙公司・走廊（晚上）

男人的背影，看起來正是那個未讀 1。

他正在使用手機，從迅速的手部動作與急促的呼吸聲可以感覺出火大的情緒。他拍了拍僵硬的臉頰，看到跳出來的訊息時，忍住呼之欲出的髒話，又開始不斷噠噠噠地打字……

似乎又覺得不妥，於是停下手上動作，深呼吸。

畫面跳轉，最終還是撥了電話。

昌熙　我不是叫你當面說清楚嗎？我們都已經用手機訊息談戀愛了，告白、情話、吵架都用訊息，就連分手也用訊息？至少分手的時候，我要用我這宏亮的聲音告訴你。我會等你。聽見沒！

7 保齡球場（晚上）

美貞看向發出震動的手機。有訊息進來。

美貞 （E）我也會晚回去。

8 公司 · 走廊（晚上）

回覆訊息的昌熙。

昌熙 （E）待會兒見。

昌熙收起手機，呼吸急促地回到辦公室。

9 酒館（晚上）

保齡球館的活動結束後，大家去酒館續攤。

酒杯就放在面前，身邊盡是大家的歡聲笑語。

美貞認真聆聽眾人的話題，跟大家舉杯碰瓶，從未忘記保持笑容。

就在這時，美貞看了眼手機上的時間，開始收拾隨身物品。

秀珍　怎麼了？要走了？再待一下嘛！

美貞　太晚了。（對眾人說）我先離開了。

男人　幹嘛？這就要走啦？

美貞　差不多要到末班車的時間了……

秀珍　（插嘴）她家比較遠。

男人　你說你家在哪裡？

稍早就問過的問題又出現了。即使人們根本一點都不好奇，也
總是會問起。

男人　那就搬家啊。（對著旁邊的同事說）我們公司不是有住宿
　　　補助嗎？

女同事　只有一千萬韓元。

男人　這麼少啊？

美貞起身的過程中，眾人開始聊起各自的話題。
秀珍坐在位子上，朝美貞揮動雙手道別。

10　　市區一隅（晚上）

與稍早開朗的表情不同，美貞面無表情地走在路上。
拿出手機，撥打電話。

美貞　　你在哪裡？

11　　烤肉店前（晚上）

美貞走近，進入一家酒館。

12　　烤肉店（晚上）

琦貞看了眼走進來的美貞，並確認手機上的時間。

琦貞　　怎麼這麼早就來了？

美貞　　（跟琦貞的朋友打招呼，接著坐下）

媛熙　　好久不見，你還沒交男朋友嗎？

美貞　　（微笑）唉……

慧蓮　　（舉手）請再給我一個酒杯跟一雙筷子！

畫面跳轉，琦貞繼續原本的話題。

琦貞　　對方問我住在哪裡。「我是京畿道人，不管去哪裡都會經
　　　　過首爾，所以乾脆約你方便的地點就好。」我確實是這
　　　　麼說了。

美貞　　（心想又是這個話題，彷彿早就聽過的樣子，輕笑起來）

琦貞　　就算是這樣，禮貌上也應該要問「是在京畿道南部嗎？北部嗎？東部嗎？還是西部？」吧？結果竟然只回了「啊，這樣啊！」，然後跟我約在三清洞。真的會瘋掉。我沿著國道一號一路往上，再辛苦度過漢江。那傢伙明明連京畿道長什麼樣子都不清楚。虧我這麼辛苦地赴約……啊……真想哭。我們國家有賣槍嗎？只賞他三巴掌根本無法洩憤，至少要給他吃上三發子彈才行。

美貞面帶微笑聽著這番話，忽然看到某處，一震！
琦貞繼續說：

琦貞　　他知道京畿道人週末跑去首爾代表什麼意思嗎？我竟然被介紹給那種人！我不在乎他曾經離過婚。最近這種世道，這哪是什麼缺點，我反而還羨慕他離過婚呢。就算他離過婚兩次，我也沒有任何怨言。可是，那個鰥夫竟然有孩子，這像話嗎？

美貞的視線往下移，內心相當緊張。

琦貞　　這個世界上有比自己小孩更重要的東西嗎？可是那對我來說一點都不重要啊，別人家的小孩關我什麼事？從這裡開始就大錯特錯了，男女交往本來就要建立在相同的共識上，彼此重視的東西不同的話，還有可能嗎？

琦貞吐完苦水，拿起水來潤喉。媛熙跟慧蓮發現衛生紙用完了，朝其他桌東張西望之際，才看見隔壁桌的情況。

三十歲後半的男子（曹泰勳）與大概國小四年級的小女孩（曹宥林）正默默地吃著烤好的肉。任誰看上去都像是一名單親爸爸與他的女兒。

他們似乎很尷尬，低頭不語，只是吃著眼前的食物。美貞稍早注意到的似乎就是這一桌，臉上露出不自在的表情。

只有琦貞沒看見隔壁桌，仍然自顧自地說著。

琦貞　那孩子據說正在讀國中二年級，國二你們懂嗎？腦迴路不知道是動物還是壞掉的機器人，簡直……（說的途中也看見隔壁桌了！）無法預測……

這該怎麼辦？所有人都陷入沉默。兩張桌子間瀰漫著沉默。

朋友忽然說了一句：

媛熙　就算是重組家庭，也有很多人過得幸福啊！知道要重視彼此的小孩……也會照顧對方……

接著，再次陷入沉默，氣氛似乎更尷尬了。

這時，一名女子（曹景善）走進來，朝他們的位子走過來坐下，走路的姿態像是已經喝過酒。不過，讓人鬆了口氣。她們本以為這人是小女孩的媽媽，心中的罪惡感少了一些，然而就在她走過來的時候，正在用手機傳訊息的宥林便放下手機。景

善一坐下，她的手機就立刻響起來。景善確認完訊息後，靜靜
看著這對父女。

景善　為什麼叫我不要說？（好像訊息內容就是這樣寫）

琦貞這桌的人不禁想：「原來不是只有我們覺得尷尬啊？」
兩桌之間充斥著緊張。

景善　怎麼？你們吵架了？
泰勳　……
景善　你連在小孩生日都要這樣嗎？

今天甚至是小孩的生日！琦貞這一桌羞愧難當。

景善　（對宥林說）……你媽媽送你什麼啦？

心中的猜測被證實後，琦貞這桌益發覺得自己成了罪人。

泰勳　快吃吧。
景善　你看看我，像是還沒吃飯的樣子嗎？
泰勳　……

琦貞這桌不知為何開始手忙腳亂，竊竊私語一些無關的話題，
或是露出笑容，給人一種尷尬的氣氛。

景善　（對宥林說）你媽媽送你什麼呀？沒有送任何東西嗎？

宥林　送了。

景善　那你怎麼不說？送了什麼？

宥林　……我叫她給我錢。

全體　……！

這番話讓琦貞這桌再次安靜下來。

景善將裝著禮物的購物袋放上桌子。

景善　生日快樂。這是耳機，很貴的喔。

宥林　（將購物袋放到旁邊的椅子上）謝謝。

景善　（立刻說）謝謝你出生在這個世界上。（認真）真的謝謝你。

泰勳　……

宥林　……

景善　（將酒水倒進自己的酒杯中）不管是大姑姑還是我，以後只能靠你了。至少老了以後，還有可以講電話的人。我這麼說不是要給你壓力，我不會去煩你的，正常情況下我會盡量走得乾脆一點。

全體　……

景善　只是你很可靠，就像保險一樣。（笑出聲）你剛出生的時候，才這麼小一個（抓住自己的手臂），我還懷疑你真的是一個人類嗎……怎麼就開始長肉，然後長大成人了啊……（接著，轉頭看著正在竊竊私語的琦貞一桌，立刻

說）你們在酒館裡講話都這麼小聲的嗎？我第一次遇到
欸！在酒館裡講話這麼小聲的人。

琦貞一桌慌張不已，手忙腳亂起來。

「哎唷，好難受，我喝太多了。喂，已經晚了，回家吧。」

這時，泰勳及美貞的視線在空中交會。

無可奈何，美貞只好先沉默地低下頭。

泰勳也無言地點了點頭，完成彼此無聲的問候。

琦貞看著兩人的行為，不禁思考起氣氛怎麼這麼奇怪。

接著，琦貞收好包包、將包包掛上肩膀時，唇膏從包包裡掉了
出來。

還偏偏是往泰勳的方向滾去。啊，可惡！

朋友們見狀都做出「唉呀，我不管啦」的模樣，一窩蜂地離開
了現場。琦貞盡己所能地避開泰勳，想要撿起口紅，但是緊密
排列的椅子讓她難以行動。

這時——

景善　　（對泰勳說）你幫忙撿一下啊！

泰勳無可奈何地撿起口紅，交給琦貞。

琦貞將頭低下九十度，輕聲說：

琦貞　　謝謝。

泰勳趁這個機會開口，雖然不是看著琦貞的眼睛說。

泰勳　雖然我離過婚，但是我人生中做過最正確的事情就是結
　　　婚。
　　　否則我怎麼能夠遇見這麼可愛的孩子。

琦／美　……

安靜坐在自己位子上的宥林不知為何看起來頗可憐……
泰勳說完話，看起來也很可憐……
琦貞跟美貞就像罪人一樣待在原地。
眾人沉浸在悲傷的氣氛裡……

13　　都市一隅（晚上）

已與朋友們分別的琦貞與美貞冷著臉走在路上。
琦貞走在前面，默默無語。

琦貞　你們怎麼認識的？
美貞　公司同事。
琦貞　（停頓）那你應該早點跟他打招呼啊！（莫名開始指責）
美貞　我只是知道有這個人，又不是同一個部門。

琦貞發著脾氣走開。美貞也覺得心情很差，莫名其妙被罵。

兩個人就這樣隔著一段距離，沉默不語。

14   烤肉店前（晚上）

該說像是女扮男裝嗎？一位氣質獨特的四十歲後半女性（曹熙善，泰勳的大姊）笑著走近，景善一臉不耐煩地看著對方……

熙善　（溫柔地對宥林說）早上姑姑煮了海帶湯，喝了嗎？
景善　那算湯嗎？濃得連湯匙都攪不動……

只有熙善一人表情柔和，其餘三人都心不在焉的樣子，離開的時候氣氛很僵。

15   都市一隅（晚上）

琦貞急促地講電話，美貞在旁邊。

琦貞　我們到了！快點過來！
昌熙　（F）我快到了啦！就在附近了！

電話馬上就掛斷。

琦貞火大地發出「靠⋯⋯」，又再次撥打電話。

面對琦貞這種急躁的脾氣，美貞感到不安又鬱悶。

16　街道一隅（晚上）

手上的電話持續在震動，此時的昌熙還在跟女朋友吵架。

憤怒的兩人都處於一觸即發的狀態。

昌熙　你不是一邊跟我傳訊息，一邊跟其他傢伙聊天嗎？而且！（甚至還）在凌晨一點的時候，分別跟兩個人傳來傳去⋯⋯

藝琳　怎樣？你難道就沒有這樣過嗎？同時跟兩、三個人聊天很常見！

昌熙　我才不會在凌晨一點的時候，同時跟愛人還有其他人聊天！也不會在跟其他人聊天的時候，不小心把「我也想你，前輩」傳給愛人，然後又秒刪訊息！更不會在跟愛人聊天的時候，傳一堆愛心給別人，甚至每句話都嘻皮笑臉！

藝琳　我有跟他約會搞曖昧嗎？文字本來就需要比實際講話更親切，因為看不見對方！不知道對方到底是在開玩笑還是認真的，所以我才會在訊息裡嘻嘻哈哈，你不會這樣嗎？

昌熙　這樣就可以隨便對別人說「我想你」嗎？就為了表示親

切？

藝琳 （快要爆發的樣子）說一句「我想你」會怎樣嗎？我還想見BTS防彈少年團，想見我奶奶，想見我叔叔，我想見的人超級多！你難道沒有想念的人嗎？你平常都不會對別人說「我想你」嗎？

昌熙 你不懂「我想你」的意思就是「我愛你」嗎？

藝琳 （爆發）那是你！只有你會那麼想！

昌熙 那你去問問別人啊！凌晨一點互傳訊息說「我想你」的男女，真的一點關係都沒有嗎？（接著掛斷又重新響起的電話，勃然大怒）我叫你等一下！（用力掛斷電話）

藝琳 （轉頭張望）好啊，去問啊。要問誰啊？

昌熙 你去問啊！

藝琳 就連在這種時候，你還要擔心必須自己出錢搭計程車回家吧？約在這裡見面也是，你從這裡回家比較方便吧？你到最後都要這樣嗎？

昌熙 對、對！我就是這麼想的！都已經最後了，不能約在中間點見面嗎？每次跟你見面，都是我跑去你家附近。你知道從江北到我家有多遠嗎？跟你道別之後，我每天都要花一個半小時才能回家！

藝琳 那是你的問題！誰叫你住那麼遠？

昌熙 ……那傢伙住在首爾嗎？

藝琳 （生氣地跺腳，一副快發瘋的樣子）

昌熙 我就問一個問題，那傢伙知道你已經有愛人了嗎？

藝琳 他知道我有男友啦！

昌熙　男友難道不是愛人嗎？

藝琳　（抓狂）現在哪有人還在用「愛人」這個稱呼？蠢死了！
　　　就算是七〇年代的人也不會把愛人掛在嘴上！你自己去
　　　問問看啊，現在誰還用這個詞？（煩躁的樣子）你知道
　　　嗎？你就是個讓人無法忍受的鄉巴佬！

昌熙　！

藝琳　簡直土到不行！

昌熙　！

17　行駛的計程車內（晚上）

　　　昌熙坐在前座，琦貞與美貞在後座，彼此沒有交流。

　　　華麗的高樓大廈燈火璀璨，漸漸消失在後方。

　　　他們似乎都在思考各自在首爾累積下來的煩惱。

　　　昌熙一臉黯淡，藝琳最後那些話有如匕首，深深刺痛了他。

　　　窗外的風景脫離都市的繁華燈火，逐漸暗了下來。

　　　時不時出現的路燈從窗外劃過……

　　　直到稍早為止還失控發狂的世界，由霓虹燈與櫛比鱗次的高樓
　　　組成的這個世界，究竟是怎樣的世界呢？這裡又是一個怎樣的
　　　世界呢？不知是否越過首爾與京畿道的分界線後，大腦與感情
　　　的電壓也發生了變化，三人都漸漸平靜下來。

　　　從後車窗可以看見「堂尾站」正在漸漸遠去，

　　　現在，已經看不見任何住宅或建築。

幾乎沒有任何照明的漆黑山路……漆黑的白菜田……這一切都很奇特。

快要到家的時候，大家都打開皮夾，將錢拿出來。

琦貞將一萬韓元交給美貞，昌熙也將一萬韓元交給美貞，然而這一萬韓元卻令人感到悲傷。美貞把萬元鈔票收進皮夾，掏出信用卡。

18　家門前（晚上）

下了計程車的昌熙往家的方向走去，琦貞也往相同方向。

美貞將信用卡收回皮夾，最後一個下車。

計程車掉頭離去。

三人各自走在回家的路上，沉默不語。

19　家・庭院（晚上）

媽媽（郭慧淑）站在客廳，滿臉不悅地看著晚歸的三人。服裝是剛從床上爬起來的樣子。昌熙在院子裡脫下外套，掛到曬衣架上。

琦貞及美貞走進家門，有氣無力地說「我回來了」。

兩姊妹進門的動線中，可以看見裡面房間的房門敞開著。

昏暗的房裡，電風扇安靜地運轉，爸爸（廉濟浩）躺在床上。

昌熙用腳將鐵盆踢到水管旁，發出一陣吵雜的聲響。

慧淑　（低聲）噓！吵死了。（接著往裡頭的房間看了一眼，也許是害怕吵醒先生）

20　家・姊妹房間（晚上）

運轉的電風扇。

琦貞與美貞兩人都換完衣服，琦貞正在卸妝。

〔INS. 泰勳在酒館裡說話的樣子一直在她腦海徘徊。〕

她似乎很在意。

琦貞　剛才那個人，是在罵我們對吧？

美貞　……確實是我們不對。

琦貞　……誰知道啊。

美貞　……

琦貞　……你幫我跟他道歉，然後送禮券給他女兒當生日禮物，我再拿給你。

美貞　……沒有必要。（拿著毛巾走出去）

琦貞　……（心情似乎不愉快）

21　家・庭院・水管邊（晚上）

昌熙只穿著內褲，一邊往身上潑冷水，一邊洗著戰鬥澡。
畫面跳轉，他已經大致擦乾身上的水氣，穿著棉質 T 恤。
維持著濕答答的髮絲與充滿濕氣的臉，就這樣安靜地坐著。
眼前是一片寂靜的黑暗。

22　家門前（翌日，白天）

蟬鳴嗶嗶，烈日當頭，冷清孤單的房子。
家門前有一片廣袤的田地，遠處的田地裡可以看見三個人。
分別是濟浩、慧淑以及具先生。
三人正在田裡收成大蔥，並將大蔥捆成一束一束。慧淑的左腳
膝蓋有動過關節手術的痕跡，由於膝蓋無法彎曲，只能維持難
受的姿勢。慧淑就這樣工作了一陣子後，匆忙地往家裡走去。
兩個男人毫無察覺似地繼續工作。

23　家・廚房及客廳（白天）

昌熙似乎剛起床，正在玩手機，慧淑跟美貞則在廚房裡忙碌。
慧淑從冰箱拿出泡好的速溶咖啡寶特瓶，美貞將咖啡倒入保溫
瓶中，再放入冰塊。慧淑拿出泡在水裡的豬脊排骨，丟進鍋子

裡，美貞則從泡菜桶中取出泡菜，慧淑抖了抖整顆泡菜，再放
進鍋裡……兩人分工合作。

這時，琦貞準備要出門，從房裡走出來。

慧淑　　你又要去哪裡？

琦貞　　去弄頭髮。

慧淑　　你每天都在那邊喊累，現在還要出門？假日怎麼不在家
　　　　裡休息啊？

琦貞　　（話中帶刺）你會讓我休息嗎？

慧淑　　……

琦貞　　今天還要我下田工作的話，我真的會死。

慧淑無話可說，繼續手上的動作，琦貞就這樣出門了。
美貞挽起袖子，戴上草帽，做好下田的準備，拿著飲料出門。
昌熙將手機丟到一邊，無精打采地坐著。慧淑對這樣的昌熙感
到不滿……雖然想要唸他一頓，然而——

慧淑　　就算是做做樣子也好啊。不要整天無所事事，又要被爸
　　　　爸罵了。

昌熙　　……（依舊沉默）

慧淑　　你都不羞愧嗎？你年邁的老爸可是一大早就出門，在大
　　　　太陽底下努力工作耶！

昌熙　　我會去啦。

他停下動作，眼前一片驕陽烈日。

心情本來就已經不好了。

唉！還是去看看吧。他一下子站起身，走了出去。

24　田地（白天）

汗水自鼻尖滴落，急促的呼吸讓昌熙的肩膀一聳一聳地抽動。

即使如此，他還是很賣力，就像要把昨天的煩惱清光一樣拚命。

美貞的臉龐也泛著紅光，整張臉脹紅不已。

具先生頭上的草帽壓得極低，汗珠從帽子間隙涓涓流下，卻沒有發出呼吸聲。每個人都是精明幹練的高手，做事的手勢及動作十分有模有樣。

到了簡單吃點食物的休息時間。

大家在各自的位子上休息。

唯獨具先生獨自坐在一隅。

具先生看起來像是沉浸在徐徐的涼風中，凝視著遠方山脈，動也不動。

父親濟浩率先起身，具先生跟著站起來，接著美貞與慧淑也起立。最後，昌熙才心不甘情不願地勉強支起身體。

黃昏時刻，三個男人將堆滿一地的大蔥搬上（業務用的）卡車。

慧淑及美貞往家的方向回去，拿著休息時間吃光的空碗。

美貞通紅的臉上盛滿疲倦，看上去很落魄。

25　家‧庭院（黃昏，或是晚上）

晚餐是在庭院的平床上享用。桌子上放著燉泡菜豬脊排骨。
結束粗重的勞動，一群人正在努力扒飯。
除了吃飯的聲音之外，什麼都聽不到。

昌熙　　（觀察氣氛）那個……爸……

慧淑心想這小子又要多嘴了嗎？不自覺地打量先生的臉色。
濟浩就像沒聽到昌熙的話一樣，只顧著吃眼前的飯。

昌熙　　我有話要跟你說。

濟浩　　（絲毫沒有移動視線）安靜吃飯。

具先生察覺到父子之間冰冷的氣氛。
濟浩大概覺得還有客人在，這樣說不太好，於是幫具先生倒
酒。
具先生感覺到禮儀與友愛。

昌熙　　不是要您幫什麼忙，只要您允許就好了，我只需要您的
　　　　一句「好」。

　　　　　　　　　　　　　　　　　　　　EPISODE 1

濟浩　（繼續吃飯，完全無視昌熙）

昌熙　（觀察氣氛）我……我想買車。

濟浩血壓升高，慧淑感到心氣鬱結，具先生則在觀察大家的表情。

慧淑趕緊將肉盛進具先生的碗中，暗示具先生「不要在意，趕快吃吧」。

昌熙　（OL）電動車不會很貴，充滿電只要七千韓元，我還聽說每個月只要五萬韓元就能負擔所有費用。五萬韓元比坐公車或地鐵來得便宜太多了。而且是二手車，真的不貴。

濟浩　上次我為了幫你買車吃了多少苦，這才過多久？

昌熙　那時候我……

濟浩　（OL）這個不成材的傢伙，用分期付款買車，差點變成信用不良，我好不容易幫你一把，你現在又開始了。

昌熙　那時是我沒搞清楚狀況，但我現在都搞清楚了啊！我的開銷、預算、收支比例……現在不都知道了嘛！所以才決定買……便宜的……電動車。

濟浩　（沒有打算繼續對話，埋頭吃飯）

昌熙　請不要總是反對我，至少聽我說一說。車子現在不是什麼奢侈品，我也不是為了裝模作樣才想買車。區區一輛電動車，能怎麼向人炫耀？電動車又跑不快。我、姊姊還有美貞，三個人晚上一起搭計程車回家的話，一趟是三萬韓元。開電動車只要三千韓元，但我們現在來回車

程是三萬韓元。

| 濟浩 | （安靜吃飯） |

| 昌熙 | 哎，爸您聽我說啦。我不是在無理取鬧。您仔細想想，我說得沒錯啊！開電動車的話，交通費會便宜很多！您不要聽到買車就直接反對啊！ |

| 濟浩 | 車子多少錢？ |

| 昌熙 | ……我說了會選便宜的。 |

| 濟浩 | 又要分期付款？ |

| 昌熙 | （含糊其辭）哎…… |

| 濟浩 | （安靜吃飯） |

| 昌熙 | 哈……（忍耐想說的話，暴躁）爸，我住在京畿道，連一輛車都沒有，這樣要怎麼談戀愛、怎麼結婚啊？所有事情都是在車子裡發生的，我卻沒有車子！爸！這樣我要去哪裡跟女朋友接吻啊？ |

聽完他這番話，慧淑端著飯碗站起身。濟浩似乎是血糖忽然降低，手不停地發抖。面對這個情況，具先生不知該如何是好，美貞只繼續吃自己的飯，像是什麼都沒聽見一樣。昌熙急忙屈膝跪地，倒了一杯可樂給濟浩。

| 昌熙 | 啊，怎麼又這樣？我是真的不想對爸說謊，也不想對爸有任何隱瞞，我大可以偷偷買車，然後把車子藏起來，假裝什麼事情都沒發生，但我不想這麼做。我真的不想對爸隱瞞任何一件事情，直到目前為止也沒有！ |

濟浩　算我拜託你，還是乾脆藏起來吧，藏好。

昌熙　哎唷……

這時的美貞像是吃飽了，站起身。
具先生還沒吃完。怎麼辦……

26　家・廚房與客廳（晚上）

美貞快要洗完碗，慧淑在旁邊把西瓜切成塊狀。

慧淑　臭小子……叫他不要在飯桌上亂講話，結果又……

慧淑將裝了各種食物的托盤拿過去。

慧淑　明天你爸早上七點就要去工作，你跟他說九點來幫忙就
　　　好了。但不要只說九點前過來，讓他自己看著辦，也許
　　　會早點來工作。花錢請人結果還要看別人的臉色……

美貞拿著托盤走出去，慧淑口中唸唸有詞：「消氣了沒啊？那
個臭小子……」她準備將手中的勺子放進水槽，途中猛然舉
起勺子，對著一處掛著三姊弟年幼時照片中表情開朗的昌熙揮
動，一副恨鐵不成鋼的樣子。

27　村莊一隅（晚上）

美貞面無表情，拿著托盤前往具先生家。

28　具先生家門前（晚上）

具先生坐在桌子前喝酒，聽見腳步聲回頭一看，美貞一臉冷淡地走來，甚至不願意分一點視線給他，把托盤放在桌子上。

美貞　明天九點前過來就行了。

接著轉頭走人。
與話少的陌生男人應對既棘手又令人疲倦，所以她匆忙離去。
具先生也沒說什麼，只是看著美貞的背影……

29　村莊一隅（晚上）

美貞倔強的表情像個少年。
她從具先生家裡走出來，朝斗煥的咖啡廳走去，看見從遠處走來的琦貞。
琦貞頂著新髮型，臉上卻是怒火中燒的樣子。生活已經夠讓人疲憊，就連髮型也被弄壞，才會這麼生氣。

從那時起，咖啡廳裡響起斗煥（吳斗煥）唱歌的聲音。

美貞看著琦貞向咖啡廳走去。

琦貞口中唸唸有詞地走著。

30　斗煥咖啡廳（晚上）

昌熙在斗煥唱歌的咖啡廳一隅，看起來心情不佳。

住在這個村子裡的年輕人，每個人都是這個表情。

31　家・浴室（晚上）

琦貞蜷縮在不怎麼方便的老舊浴室裡，一邊發牢騷一邊洗頭。

慧淑來到敞開的浴室門口。

慧淑　才剛做完頭髮就洗頭，髮型都沒了！

琦貞　就是這樣才洗的！

慧淑走向廚房，同時自言自語：

慧淑　簡直浪費錢⋯⋯

慧淑快氣死了，不知道該拿這些人怎麼辦。

琦貞用毛巾包住濕答答的頭髮。

32　斗煥咖啡廳（晚上）

斗煥再次唱起歌⋯⋯

〔INS. 咖啡廳（白天）－回憶。相親過程中。畫面以正在說話的斗煥的臉為主。〕

斗煥　（害羞又激動的罕見表情）我有兩份工作，在小學當足球教練，然後還開了一間咖啡廳。（急忙）老實說，我只有一份工作，咖啡廳幾乎可以說是⋯⋯快倒了。

唱歌的斗煥以及四周的景象。

咖啡廳一角有裝滿足球的網子，還堆放著亂七八糟的雜物。

〔INS. 咖啡廳（白天）－回憶。回到相親過程。〕

斗煥　其實我最喜歡做的事情是唱歌，我的夢想是靠唱歌維生。（唱歌）沒有人知道我徘徊時掉下的眼淚，過往的日子掠過心頭⋯⋯（說話）我喜歡這種類型的歌。（害羞又滿足）我啊，還蠻會唱高音的。

用盡力氣唱歌的斗煥。

「從二樓俯瞰的街景 —— 是一條平靜的街道 ——

從二樓俯瞰的街景 —— 只有霧氣瀰漫 ——」

聲嘶力竭的斗煥。

美貞若無其事地收拾空碗及鍋子。

美貞　吃飽了就把碗拿過來！

斗煥依舊大聲唱歌，唱到副歌高潮的時候，躺在沙發上的昌熙也跟著放聲唱。美貞露出「嘖，那些傢伙」的表情。

昌熙　（忽然坐起身）這是哪個年代的歌啊？難怪你會被甩，小子！

美貞　（聽到這句話，看向斗煥）

斗煥　（表情瞬間變得委屈，哽咽）

畫面跳轉，斗煥泛紅的眼睛就像又哭又笑過。

美貞坐在玄關前（風吹進來的地方）放著的簡易椅子上。

斗煥　你懂什麼叫作無地自容嗎？相親才剛結束，那個女人就立刻傳了一堆訊息……說我……竟然說我像一隻流浪狗。（抽泣，無法分辨是哭還是笑）

美／昌（專注聽著讓人流淚的聲音）

斗煥　（冷靜下來，再次開口）說即使把我洗乾淨帶回家……還是會跑出去沾屎，把自己弄髒。（再次抽泣，發出咯咯聲）她以為那個群組只有她跟介紹人……明明我也在，

她還一直說……

美貞　（嫌棄地皺起眉頭）

斗煥　然後她就生氣了……突然說了一句「天啊！」就退出了。

美／昌　（呵呵笑）

斗煥　至少刪掉訊息再退出吧。

昌熙　你也退出不就好了？

斗煥　總覺得那樣更丟人。（突然握緊拳頭）我要堅持下去。就算刪掉也不會變成沒發生過。一定要堅持住。（把手機推過去，哽咽）你幫我刪掉，幫我退出群組。

昌熙　（只是笑）

斗煥靠著昌熙，昌熙緊緊抱住哽咽的斗煥。
斗煥以為昌熙是在安慰自己，也抱住昌熙。

昌熙　謝謝你。

斗煥　（不明白對方在說什麼）

昌熙　謝謝你贏過我。

斗煥　（什麼意思？）

昌熙　藝琳說……我土到不行。（呵呵呵）

斗煥　（呆滯地看著他，然後握拳）流浪狗，Win！（馬上會哭暈的樣子）隨便一個人來贏過我吧……美貞啊……你也來贏我一下……

美貞流下幾滴眼淚，發出呵呵的笑聲。

〔INS. 充斥蟋蟀鳴叫聲的社區風景。〕

33　斗煥咖啡廳（晚上）

心情稍微平靜下來的三人。

昌熙　……那丫頭很清楚說什麼話會傷害到我。

斗煥　……對於被說成流浪狗的我來說，很土之類的話不怎麼……（其實不怎麼傷人）

昌熙　那是因為你本來就是個土氣的傢伙！但我是可能會被那句話傷到臨界點上的人！

斗煥　……（認同）

昌熙　……你知道她來京畿道之後說了什麼嗎？她說京畿道就像蛋白一樣，是包著首爾的蛋白。

美貞　（嘆）

昌熙　就算我說我住在山浦市，她也不知道在哪裡，不知道我該搭一號線還是四號線……她覺得反正自己不會住在京畿道，知道了有什麼用。

斗煥　要是有喜歡的對象，就會想要了解對方住的地方，這才是一般人吧。

昌熙　……（就是啊）

美貞　……

昌熙　我不奢求紐約那種城市，但至少能生在首爾的話……明

明有那麼多地區，為什麼偏偏出生在蛋白區。

默默聆聽的美貞問：

美貞　住在首爾的話，我們就會不一樣嗎？

昌熙　會不一樣！

斗煥　……我覺得會有所不同。

安靜下來的美貞，似乎不同意這句話。

四周都是蟋蟀的鳴叫聲。

34　家門口（翌日早晨）

太陽尚未完全昇起。

濟浩從家裡走出來，往工廠的方向走去。工廠旁邊有一個巨大的直立看板，上面寫著「山浦水槽／壁櫥」，還有一組開頭為031的電話號碼。另外一邊是一輛貨車，貨車上也貼著「山浦水槽／壁櫥」的文字與電話號碼。一陣嘎吱聲響，濟浩打開工廠的門。進入工廠之後，濟浩開啟打包機器的電源，戴上棉製手套開始工作。

35　家・浴室（早晨）

琦貞站在鏡子前面，看著（前一晚洗完頭才去睡覺）一根一根翹起來的頭髮。靠……髒話都要飆出來了。頭髮變得更可怕了。

36　家・客廳＋姊妹房間（早晨）

房裡傳來吹風機的聲音，慧淑在廚房裡走來走去。美貞把鍋巴湯舀進空碗，喝了一口後站起身。把碗放進流理槽之前，站著把剩下的鍋巴湯喝完。

琦貞一邊摸著頭髮，一邊生氣地用力放下吹風機，發出「砰」的一聲。

聽到「砰」的一聲，慧淑好像還在忍耐自己焦急的心情。

琦貞想要重新吹整頭髮，但吹風機打不開。哎唷喂，簡直要瘋了，眼淚快要流出來。

慧淑覺得琦貞這樣下去不行，心浮氣躁。

慧淑　你一大早就非得這樣嗎？弄完頭髮回來後就整晚都在鬧……現在才剛睜開眼又開始了……

琦貞　……（委屈）因為我太累了，真的太累了！

慧淑　（看著）就只有你很累嗎？她（美貞）不累嗎？

琦貞　她還年輕啊！

琦貞快要哭了，慧淑好像放棄似地轉身離去。

慧淑 其他事情都是小事⋯⋯個性才能決定命運⋯⋯

美貞沒管這些騷動，默默做著自己的事。
出門的時候看了一眼時鐘，大約是七點。

37 家門口（早晨）

美貞從家裡走出來，往社區公車站的方向走去，
這時具先生也從家裡走出來。

美貞 ！

具先生前往工廠，途中必定會與美貞擦肩而過。隨著距離逐漸
拉近，心情變得緊張。以他們倆的性格，沒辦法好好跟對方打
招呼，但是不打招呼也很奇怪，於是低著頭垂著眼，冷漠地避
開對方。

#工廠前，將物品搬出來的濟浩看見具先生走來。

濟浩 吃過飯了嗎？
具先生 （不置可否地打了招呼，似乎是還沒吃飯）

具先生戴起棉製手套，把抽屜櫃放到工作台上，準備開始工作。

38　社區公車站（早晨）

美貞看著從遠處行駛過來的社區公車，又朝工廠看了一眼。
明明跟他說了九點以前，不知道他是怎麼知道的。

39　堂尾站前（早晨）

#美貞從社區公車上下來，進入地鐵站。
這個冷清的車站人潮不多，只有社區公車會抵達這裡。
#地鐵緩緩出發，駛出車站。

40　行駛中的地鐵裡（白天）

地鐵在地面上行駛。
車窗外的看板字句映入站著的美貞眼中。
「今天將有好事降臨在你身上。——解放教會」
平靜的表情像是在祈禱真的會有好事一樣。

41　美貞公司・幸福支援中心內的諮商室（白天）

美貞坐在幸福支援中心的職員（蘇香琪）對面。這位職員（在公司裡）展現的性格不夠謹慎，即使遇到令人為難的情況，也會露出笑容。

香琪　聽說你參加保齡球同好會的活動了？怎麼樣，還可以吧？通常參加過一次聚會，大家都會想要繼續參加，是滿意度很高的同好會。如何？要從這個月開始加入嗎？

美貞　（面露微笑，但是猶豫不決）

香琪　還是你要再看看其他同好會再決定？

美貞　一定要⋯⋯參加同好會嗎？

香琪　也不是強制參與啦⋯⋯不過職場生活就是這樣啊。不管什麼工作，過了六個月之後就會開始覺得無聊，人際關係打理好的話，工作效率也會提高⋯⋯

美貞　⋯⋯

42　美貞公司・幸福支援中心大廳（白天）

等候區的椅子上，坐著泰勳以及有些年紀的部長（朴向旻，五十多歲）。向旻看起來對「幸福支援中心」的看板十分不滿意。泰勳與向旻就像不同部門的同事一般，尷尬地坐在一起。

向旻	你也沒參加同好會嗎？
泰勳	是的。
向旻	……
泰勳	……
向旻	我們是不是被特別關注了啊？
泰勳	……
向旻	難道就不能讓內向的人繼續在自己的角落裡內向嗎？

這時，美貞從諮商室出來，向泰勳點頭行禮。

43　美貞公司・走廊（白天）

美貞從幸福支援中心出來後，經過走廊。

44　美貞公司・幸福支援中心內的諮商室（白天）

這次是泰勳與香琪面對面坐著。

泰勳	我有一個小學四年級的女兒……（媽媽不在身邊）……我必須回家照顧小孩。以後情況允許的話，我再去參加同好會的活動。

45　美貞公司・辦公室（白天）

美貞用釘書機把列印出來的文件釘好，交給組長（崔俊浩，三十五到四十歲之間，以下稱為崔組長）。

美貞　文件都在這裡。

崔組長　謝了。

美貞回到座位上，確認手機裡的訊息。同齡女職員的聊天群組裡：

「秀珍：各位各位，閔浩植代理提議今天去乙支路聚餐！」

美貞看著訊息，隔壁座位的志希也在同一個聊天群組中，看到這則訊息後摀起嘴，不斷發送像是在歡呼的貼圖。

「志希：啊啊啊！加一加一加一！／寶蘭：我可以大吃特吃嗎？／秀珍：我之後要減肥了。／寶蘭：我愛你。／秀珍：大家都來嗎？」

訊息的未讀數字迅速減少，大家都在「加一」。

這時，「秀珍：廉美貞你又已讀不回了。」

美貞忍俊不禁，發了一句「嘿嘿嘿」，之後又接道「從乙支路回家的路途太遠了」，然後是一連串「哭哭」一類悲傷的表情符號傳來。

「秀珍：你的青春歲月怎麼都耗在回家路上了呢？」

美貞臉上帶著微笑，本來想回覆，卻在這時聽到崔組長摻雜不耐煩情緒的自言自語：「啊……不對啊……」

聞言，美貞表情變得僵硬。

美貞交去的文件上，被崔組長神經質地劃了好幾條紅線。

美貞趕緊放下手機，看向電腦。

美貞僵硬的表情後頭，可以聽到崔組長不停翻頁的聲響。

46　公司附近‧咖啡廳（晚上）

美貞低頭凝視滿是紅筆痕跡的文件。

「與JOYCARD一起去秋季旅行」一份大約二十頁左右的小冊
子正在製作中。

（內容：與JOYCARD一起的秋季飯店行程。各飯店的照片。
合作事項大概有十頁左右。與JOYCARD一起的秋季之旅。標
示著地圖與各地區的合作餐廳。各餐廳的照片與合作活動大概
有十頁左右。）

崔組長從第一頁開始就用紅線標記「把標題移到上面這裡」、
「放大字體」，下方的公司名稱則標記著「再往下一點」。翻頁
之後，「修改排版」、「修改照片排列」，甚至還用文字寫下一
段牢騷：「注意一下顏色搭配啊！！！」看起來完全沒問題、
乾淨俐落的原案上，像是塗鴉一樣充滿了標記。

美貞擦去即將奪眶而出的眼淚……靜靜坐著……

表情漸漸放鬆，變得柔和。

激動而羞澀。

把桌子整理得十分整齊。

打開MacBook的動作惹人憐愛。

對面的空位是一張雙人用的桌子。

美貞微笑看著對面的椅子，就像有人坐在那裡……

美貞　（E）想像能夠跟你一起坐在這裡工作，這種爛事就會變得美好，讓我繼續堅持下去。我正在演戲，假裝自己是一個被愛的女人。假裝自己是一個沒有缺點的女人。想像自己現在在愛著一個人，並得到那個人的支持，因而處在舒適的狀態。我已經跟你一起過著幸福的生活……我想要如此想像。與其在沒有你的時光中感覺辛苦疲憊，我因為想到你而得以努力下去，這不是更加了不起嗎？

這時，她從窗戶看到外面的人在嬉笑聊天，其中包括韓秀珍與金志希在內的三、四名女同事以及兩、三名同輩男同事（包括閔浩植）。他們衣著整齊，和樂融融地聊著天，好像要前往乙支路。

美貞淡然地看著他們。

〔INS. 辦公室一隅（白天）－回想〕

美貞坐在隔板後面的椅子上，一邊喝咖啡一邊看手機，這時韓秀珍一群人與男職員（閔浩植）經過時聊著天：

秀珍　你就幫忙介紹一些可以推薦給美貞的男人啦。

美貞　！

浩植　我身邊真的沒什麼……（笑著搖頭）

秀珍　從女性的角度來看，美貞真的漂亮又善良，我無法理解
　　　她竟然沒有男朋友。

浩植　確實漂亮啊。算是漂亮沒錯。五官分開來看的話是很漂
　　　亮……

秀珍　然後？

浩植　但整體來說就很平淡嘛。該說是沒有魅力嗎？

美貞　……！

47　　市區一隅（晚上）

　　美貞面無表情地（逆向）走在路上。
　　美貞維持著這種表情。

美貞　（E）住在首爾的話，我們就會不一樣嗎？

昌熙　（E）會不一樣！

〔INS. 咖啡廳（晚上）－回憶，美貞那天在咖啡廳裡這麼說。〕

美貞　無論我住在哪裡，應該都差不多吧。不管住在哪裡，我
　　　都是這個樣子。

　　那天，她露出了落寞而平靜的微笑，迎著輕輕吹拂的微風。

48　　行駛中的地鐵裡（晚上）

美貞面無表情地站著。

美貞　（E）什麼事都不會發生。
　　　沒有任何人會喜歡我。
　　　這麼漫長的時光裡，我大概就會這樣逐漸乾枯而死……
　　　（深呼吸）我想像著你的模樣，總有一天會遇見的你。
　　　至少對你來說，我，沒有那麼普通吧。

49　　轉乘途中的地下街（晚上）

美貞一臉冷淡，穿越人群。

美貞　（E）我不知道你是誰。
　　　不知道你身處何方，甚至未曾見過你。

50　　轉乘月台（晚上）

美貞站在轉乘車站的月台上，突然望向月台上的人流。

美貞　（E）你，會是誰呢？

是否會有一個男人這樣告訴我：「你並不普通」、「你很可愛」？這個人會出現嗎？美貞懷抱著這種心情望著人潮，接著收回了視線。

51　便利商店（晚上）

昌熙進入收銀櫃台裡，一邊看著電腦一邊工作，店長（六十多歲，男性）從冷藏櫃中拿起一個便當。

店長　這個過期了，你要吃嗎？

52　便利商店門口（晚上）

昌熙與店長蹲在路邊吃東西。
店長把過期便當當作下酒菜，配著酒吃。
昌熙看著便當裡完美的煎蛋，把蛋黃分出來。

昌熙　您要吃首爾嗎？我個人不太喜歡首爾。
店長　……？
昌熙　（把蛋黃放進店長的便當）
店長　懶得問你那句話是什麼意思了。（對人生一切事物都感到疲憊，將長褲捲到膝蓋）

昌熙　聽說總公司十八號會來搬東西，在那之前請把門鎖好。

店長　（敷衍）我不知道怎麼鎖門。

昌熙　（看著他）

店長　我做了十年二十四小時營業的商店，你看我鎖過門嗎？

昌熙　（啊……原來如此）那您去廁所的時候怎麼辦？

店長　就用腳踏車的鎖啊，隨便鎖一鎖就好。

昌熙　（只顧著吃）

店長　你結婚的時候一定要通知我，我會給你五……十萬韓元的紅包。

昌熙　……（感謝）

店長　（威脅、囑咐）一定要聯絡我喔，我是認真的。

昌熙　好。

店長　……就算我把店收起來，也不會跟你斷絕往來。

昌熙　……（真心感謝）

店長　怎麼樣……明年能結婚嗎？

昌熙　……（看起來開朗的笑容）

店長　……（感覺有點奇怪）怎麼了？

昌熙　……（默默吃飯）

53　首爾市區的酒館（晚上）

　　琦貞正在跟媛熙閒聊。

琦貞 命運是什麼呢？她說是性格，那性格又是什麼？我的性格偶爾也不錯啊，非常偶爾的時候。就是發薪水的時候，就那麼一天，那天我通常人品還不錯。有錢的時候，個性也會變好。有句話說「談戀愛會讓人變善良」，這話也不是空穴來風。男人也好，金錢也好，只要擁有什麼，自然就會變得善良。可是我有男人嗎？還是我有錢？我什麼都沒有啊！我要怎麼積極面對？又怎麼有辦法善良呢？……還以為做了頭髮會好一點……結果反而更不爽了……（疲倦）

畫面跳轉，琦貞疲憊地收拾包包。

琦貞 我不能再喝了，實在太難受了。不喜歡自己今天這個樣子……更難過了。（站起來）我要趕快回家躺平。

54　　行駛中的地鐵（晚上）

在地面上行駛的地鐵裡，琦貞疲憊地坐著。

55　　堂尾站・月台（晚上）

下了地鐵的琦貞走在月台上，昌熙也在這一站下車。兩人甚至

沒有表現出認識的樣子，各自走上樓梯。

56   村莊一隅（晚上）

社區公車的末班車已過，兩人就這樣一路走回家，宛如陌生人，保持著距離，一前一後分開走。回家的路上，他們看見具先生靜靜坐在自家門前，不知道是不是在喝酒……

57   美貞公司・大廳（第二天，白天）

美貞走進大廳，往電梯走去的時候，手機震動了起來。她在電梯前打開手機，看到簡訊後一動不動。人們紛紛進入電梯，而她只是靜靜地看著手機。

58   銀行（白天）

美貞跟行員（四十多歲，女性）完全沒有視線交流，臉上黯淡無光。行員覺得美貞這樣不行，放低音量，用親切的嗓音說：

行員 信用貸款如果（利息）遲繳超過五天，信用卡就會被停卡，問題會變得很複雜。所以啊，您不能將銀行的信用

貸款拿去借給別人。

美貞　……

行員　您知道本金還剩多少吧？

美貞雙眼無神。

行員　一千五百四十八萬四千韓元，每個月必須還一百五十萬
韓元左右……

美貞內心十分緊張，不知該如何是好。
行員也無法再說什麼。

59　家‧客廳和廚房（晚上）

慧淑手持蚊拍，四處尋找蚊子，無聲地走來走去……昌熙一
邊看電視一邊啃玉米，盤子裡的玉米堆得比山高……流理台
邊，美貞表情木然。

行員　（E）信件很快就會寄到您家裡。

美貞背對慧淑，打開手機看，「銀行打給我，說貸款已經逾期
了。／到底發生什麼事？給我一通電話吧。」這些訊息依舊沒
有被讀，已讀數字1遲遲未消失。她把手機收起來……這時，
琦貞拖著疲倦的身軀下班回來。

琦貞	我回來了。
慧淑	吃過晚餐了嗎？
琦貞	吃過了。
慧淑	蚊子會跑進來，快關上（門或蚊帳）。

琦貞到家之後便走進房間。美貞坐在餐桌邊吃飯的同時，雙眼無神地盯著較遠的電視看……慧淑依然為了抓蚊子走來走去……

60　斗煥咖啡廳前（第二天，白天）

昌熙準備在咖啡廳的前院生火，斗煥從咖啡廳二樓（自住房）拿出夾子與一些碗盤，這時有一輛車靠過來，停在旁邊。昌熙和斗煥看向車子，政勳（石政勳）拿著裝著啤酒的塑膠袋下車。

斗煥	怎麼啦？週末還來這裡啊。看來你沒什麼重要約會喔？

政勳露出一副「神經」的表情，忽視斗煥的話，打開冰櫃將啤酒放進去，然後打開其中一罐，咕嚕咕嚕喝了起來。

昌熙	你怎麼自己開喝了？小子！

這時才剛開始，大家都站著烤肉喝酒。琦貞也在認真烤肉。昌熙把烤熟的肉剪好，放到美貞端著的盤子裡。美貞等盤子裡的肉差不多涼了，便往家裡的方向走去。

政勳　我快被光敏搞瘋了……我真怕他被學校開除……

琦貞　你身為老師還想罵小孩子啊？丟人的成年人……

政勳　姐姐不是也天天罵同事嘛！

琦貞　那些人是同事！

政勳　孩子們就是我的同事啊。姐姐常提的那個誰啊，每天被你罵的那個女同事，臉上擺明寫著「我就是壞人又怎樣」的女同事，對我來說就等於光敏。你知道每天跟光敏待在同一間教室、處理他的事情有多痛苦嗎？

琦貞　你有偏心的孩子啊？

政勳　對，我可偏心了，姐姐不偏心嗎？

琦貞　我啊，是絕對不會偏心的，我平等討厭每個人。

政勳　哎唷……

琦貞　一個喜歡的人類都沒有。

政勳　所以你想怎麼樣啊，姐姐。就是這樣，你才會每天都這麼累，每天都在衰老。

琦貞　我敢保證，在我看來光敏是個沒有任何問題的孩子。我百分之百確定，問題肯定出在你身上。

政勳　我也敢保證，那個臉上寫著「我就是壞人又怎樣」的女

人一定是個正常人，只有在姐姐眼中難搞而已。（委屈又生氣，一下子喝了一大口酒）

琦貞　算了，這樣下去會產生感情的。

政勳　（發火）跟誰啊？哎唷……

62　　家・前院（晚上）

濟浩、慧淑、具先生三人一起吃飯，美貞把烤好的肉盤端過來。

慧淑　別再拿了，夠了。

美貞把手上的盤子放在另一盤已經清空一半的盤子旁邊，然後轉身離去。她確實覺得跟具先生相處不易，具先生也覺得美貞很棘手。濟浩替具先生斟酒。具先生用雙手接酒，轉過頭喝掉。

63　　斗煥咖啡廳前（晚上）

（時間流逝）因為火堆溫度太高，大家都坐在火堆周圍有一些距離的地方，像是喝醉了一樣，有人坐在椅子上，有人坐在地上。政勳緊閉著嘴，臉上露出高興的神采。

昌熙　把你的表情藏好，小子。我分手讓你這麼開心嗎？就算我變成單身，也不會跟你一起玩的。說實話，我們住的農村沒什麼人，所以才會成為朋友，要是住在都是同輩的大城市，我們根本不會變成朋友。待在這個半徑十公里內的所有同輩集合起來，也不會超過十五人的鄉下地方，大家才不得不一起玩。這就是鄉下最大的問題，只要年齡差不多，大家都是好朋友。小時候還有一個女生，我們四個人一起玩，大家就覺得我們肯定很合得來，其實只是因為這個社區就只有四個小孩。（立刻轉向美貞）她，一個同齡的朋友都沒有，只能跟亂七八糟的人玩，就那個社區的白癡。

美貞臉上掛著笑，心情卻不怎樣。 跟笨蛋一起玩，那令人難堪的童年時光，可憐寒酸的自己。她壓抑著心煩意亂，笑著坐在喧鬧的氣氛中。

斗煥　不要一直叫人家笨蛋白癡的，都四十多歲了。
政勳　哪來的四十歲啊？應該快五十了吧。
昌熙　在這種鄉下地方，朋友就跟家人沒兩樣。家人可以選嗎？人一出生就擁有家人，朋友也是同樣的道理，我隔壁就有一個。 在學校，如果不喜歡隔壁的同學，找其他同學玩就好。社區裡的朋友？根本沒得選，簡直要瘋了。
政勳　喂，我也快瘋了好嗎？我也不是喜歡你才跟你交朋友耶！

琦貞　（沒頭沒尾地說）我啊，還是比較適合生在朝鮮時代。

　　　　琦貞的臉龐充滿醉意。眾人的視線投射過來，像是在說：「你在胡說什麼啊？」

琦貞　如果跟我說「從今天開始，這個人就是你的另一半」，那我就會說「好的，我會瘋狂愛你」，感覺這樣生活……也可以活得很好。……這個須要挑選對象的時代，對我來說太艱難了。

美貞　……（聽懂琦貞的意思）

斗煥　就算每天被拒絕，我還是喜歡這個時代。要是出生在朝鮮時代，我百分百是一個低賤的平民。

政勳　現在也差不多啦。

斗煥　（瞪眼）

　　　　琦貞表情一片空白，頭上響起蟋蟀的鳴叫。

琦貞　聽說氣溫到二十四度的時候……蟋蟀就會開始叫。我也知道，再過一陣子就要冬天了，所以牠們正在努力求偶，為了不要孤獨過冬。

　　　　接著，琦貞突然變得具有攻擊性。

琦貞　連這些小動物都能獲得愛情，但是人類呢？人類不是更

應該去尋找愛情嗎？連這些小動物都知道，沒有伴侶的冬天有多難熬。這小東西哭得那麼悽慘，就是為了告訴我們「冬天來了」、「好冷」、「別讓我獨自一人」，（結論）所以我們也這麼辦吧！

昌熙　你在說什麼啊？就因為貓咪跟昆蟲會求偶，人類也要跟進嗎？狗還會在路邊拉屎，那人類也要在路邊拉屎嗎？

琦貞　那你就不要找對象啊，小子！聽著！你不准交女朋友啊，交了就死定了！（對美貞說）我們去談戀愛吧！

美貞　（只是微笑）

琦貞　一起來嘛！嗯？

美貞　（只是微笑）

琦貞　我要談戀愛，我要隨便找一個人來喜歡。

美貞　真的誰都可以嗎？

琦貞　真的，隨便誰都可以。為什麼不能隨便愛一個人？挑來挑去的，最後還不是變成現在這個樣子？挑三揀四後就只剩下屎，最後連屎都被挑完了。隨便一個人來都可以，我可以愛上任何一個人。

昌熙　你們從明天開始別出現在她（廉琦貞）眼前。

政勳　（嚇一跳）瘋了吧……

64　家・前院（晚上）

吃飽飯起身的具先生。

073

具先生　謝謝招待。

慧淑　辛苦了，回去休息吧。

濟浩　回家休息吧。

具先生　（鞠躬後離去）

慧淑　（看著具先生的背影）你少喝點酒。

具先生　（不置可否地轉身比了個手勢，似乎並不會因此不喝酒）

65　村莊一隅・咖啡廳前（晚上）

眾人吵吵鬧鬧之際，看見遠處的具先生朝自己家的方向走去。

昌熙　那邊有隨便的一個人經過了！

斗煥　快逃啊！不要讓廉琦貞看見你！趕快（趴下）低頭躲起來！

斗煥誇張的演技惹得眾人哈哈笑不停。
具先生像是聽不見一樣，逕自往自家的方向走去。
美貞雖然跟著大家一起笑，但目光被具先生吸引。
過了一下子，美貞臉上的笑容漸漸淡去，似乎陷入了沉思。
她倏地深吸一口氣，看向具先生家。

66　村莊一隅（第二天，早晨）

美貞安靜地站在上班途中必經的公車站等車。

看著遠處駛來的社區巴士，她的視線低垂，靜靜的，

然後，轉身離開。

公車明明就要來了，她究竟要去哪裡呢？

仔細一看，原來是去具先生家。

67　具先生家門口（早晨）

具先生從家裡走出來，突然停下腳步。

美貞就站在那裡。

具先生心想：「這女人一大早有何貴幹啊？」

美貞　請問你能不能幫我收一封信？那封信不能讓我家裡的人
　　　看到。

具先生　！

就這樣，兩個人面對面站著。

68　村莊一隅（早晨）

美貞從具先生家那一邊出來，往社區公車站走去。

接著，具先生也走出來，前往濟浩的工廠。

就這樣，背對背走著的兩人。

看見遠處公車駛來，美貞開始奔跑，

搭上了社區公車。

69   行駛中的社區公車內（早晨）

美貞被公車載走。

2

「所有的人際關係都是一種工作。睜開眼睛的所有時間，都在工作。」

1 村莊風景（白天）

蟬鳴不絕，烈日當頭，也許是因為沒有風，樹葉動也不動。猶如靜止的村莊風景中，工廠座落在一處。

2 工廠（白天）

發出啪啪聲響的老舊電風扇。機器嗡嗡運轉，濟浩正在小心翼翼地裁切木材，慧淑在裁切完的木材上鑿洞，具先生則負責打摩邊角。三個人在各自專用的機器前默默工作，臉上冒著汗水及油光，周圍堆滿了許多抽屜櫃，還有接近完成的流理台。

3 工廠前（白天）

濟浩及具先生將高級流理台搬到安裝司機的貨車上，司機爬上去調整位子。

4 工廠（白天）

慧淑從舊冰箱裡拿出製冰盒，將冰塊倒進鐵盆中，再把保特瓶裡的速溶咖啡也倒進去。

畫面跳轉，濟浩和具先生大口喝以碗盛裝的冰咖啡。大家似乎都很疲倦，只有深呼吸的胸口緩慢起伏。具先生靠在門邊，凝視外面的鄉村風景，就這樣休息似地望著，正好看見遠處騎著摩托車靠近的郵差。

具先生　！

具先生將咖啡碗放到桌子上。

具先生　謝謝您的咖啡。
慧淑　　辛苦啦，去漱洗一下再來吃飯吧。

具先生離開後，濟浩在牆壁上的月計畫表畫上橫槓，這代表具先生工作的時間。然後，用脖子上的濕毛巾擦拭臉。

5　　村莊一隅（白天）

具先生離開工廠，往自家的方向走去，摩托車駛進村莊。

6　　具先生家門口（白天）

先抵達的郵差正要投遞信件時，看到信件上的資料突然停下。

郵差　咦？廉美貞不住在這裡啊！

具先生　（搶奪似地拿去）就是這裡沒錯。

郵差　（？看了看美貞其他的信件後）可是這一封又變成那邊
　　　（美貞家）了耶⋯⋯那這封是投這裡嗎？

具先生　（指著美貞家說）投那裡。

郵差搞不清楚狀況，具先生也無意理會，逕自進了家門。

7　　具先生家（白天）

站在流理台前具先生的背影。他正看著美貞的信件。即使不特
地確認內容，看到銀行寄出的信封上寫著「信貸部」，他也大
致能猜到情況。他把信封放到流理台上方，轉身離開。

8　　美貞公司前（白天）

美貞走在一窩蜂走出公司的同事之間。眾人都被令人窒息的暑
氣震到。

秀珍　這是我出生以來第一次遇到四十度的高溫，地球怎麼會
　　　變成這樣？

9　市區一隅（白天）

似乎正在前往車站，一群人走在前面，美貞及白寶蘭跟在後面。

寶蘭　真希望冬天趕快來。

美貞　等到冬天的時候，應該又會想說「真希望夏天趕快來」。

寶蘭　（說得對）

美貞　好好記住現在的感受，等到冬天很冷的時候，再拿出來回味吧。好好……收藏起來，冬天時……（像在收藏什麼似地微笑）

寶蘭　那麼現在不就可以運用冬天的記憶了！寒冷的時候沒有儲存起來的感覺嗎？

美貞　（輕笑）

10　堂尾站前（白天）

三三兩兩的人潮走出車站，美貞也在人潮之中。她朝附近的社區公車站走去，剛巧看到社區公車發車。大概是放棄追趕了，她經過公車站時沒有停下腳步，看來是打算走路回家。

11　車站附近‧便利商店（白天）

具先生將兩瓶燒酒放上收銀台，突然，從遠處走來的美貞映入眼簾。

12　村莊一隅（白天）

美貞走到村子入口處，後面努力追趕的具先生逐漸靠近。美貞感覺到身後的動靜，瞥了一眼後繼續往前走。

具先生　你的信來了。
美貞　　我等下去拿。

具先生突然轉彎，往自己家的方向拐過去。兩人彷彿在計謀什麼，造成如此簡短又尷尬的對話。發生什麼事情了？慧淑遠遠看到這一幕。

與平常無異的飯桌上，放著濟浩和具先生吃完的空碗。慧淑照料著他們，似乎很晚才吃飯，伸直了不舒服的那條腿。她抱著壓力電鍋，舀起裡面的飯來吃，然後看到美貞。濟浩正在採摘家門前菜園裡的農作物。

13　前院（白天）

美貞進入前院。

美貞　我回來了。

慧淑　具先生說了什麼？

美貞　……

慧淑　（感到神奇）他為什麼主動跟你說話……你們說了些什麼？

美貞　（一邊進門）他叫我把碗拿走，我跟他說等一下就去拿。

慧淑　……叫他自己拿過來，他總是忘記。（開始剝玉米）桌上還有飯菜，先吃完再去洗澡。

14　琦貞公司‧辦公室（白天）

琦貞在辦公桌上整理包包，這時，一名男同事（三十歲出頭）揹起後背包。

男同事　我們社區真的很不錯，距離公司很近，附近環境也不錯，你有空的時候跟我一起去看看吧。

琦貞　（露出尷尬的笑）好。

男同事　確定哪一天比較方便之後請聯絡我，我隨時都可以。

琦貞　好，你先走吧。

男同事 明天見！

男同事前腳一離開，琦貞就面無表情地抓起包包。

（琦貞在家人及朋友面前會表現出不加克制且粗魯的憤怒，但在職場上卻會隱藏自己的表情，輕聲細語地說話，採取社會化的態度。）

15　家外景（晚上）

蟋蟀的鳴叫響徹仲夏夜晚。

16　家‧客廳及廚房（晚上）

昌熙和斗煥面對面坐在客廳地板上吃飯，美貞收拾廚房裡散放的碗盤，放進流理台，慧淑將蒸好的玉米及蟲蛹小菜放上托盤。

慧淑 叫他別光顧著喝酒，也來吃點下酒菜。

美貞拿著托盤走出來的同時，琦貞拖著疲憊的腳步走進來。

琦貞 我回來了。

斗煥　今天也辛苦了。（與長相完全不同的和善）

慧淑　吃過飯了嗎？

琦貞一股腦兒地坐下，然後靜止不動。慧淑主動替琦貞準備好飯湯，然而琦貞連飯桌都不願靠近。

琦貞　我下班的時候天還是亮的，現在竟然已經晚上了。我沒有傍晚可以度過。

斗煥　快過來這邊坐吧。吃飽就有力氣了。我已經喝了第三碗黃瓜冷湯。

即便如此，琦貞依舊無法動彈，過了一會兒才以坐姿困難地移動到飯桌前。

17　具先生家門前（晚上）

具先生安靜地坐在桌邊。酒水與杯子就在眼前，卻很少拿起來喝，只是呆愣地遠眺山林。就這樣，他聽到了腳步聲，猛然回頭一看，見美貞端著托盤，走過來時滿臉寫著冷漠。具先生起身走進家裡，家門維持敞開，美貞跟著走進去。

18   具先生家（晚上）

美貞把托盤放在合適處，不動聲色地環顧四周，動作慢條斯理。這是她第一次進入具先生的家，幾乎沒什麼家具。具先生從流理台上方拿出信，放到美貞附近。

美貞　……謝謝。

她當場將信拆開看，靜靜地讀，都是些已經熟爛於心的煩心字句。具先生看似不關心地轉過身，實際上視線卻一直往美貞飄去。美貞將文件重新放回信封裡，然後將信件放回原處。

美貞　我先暫時把信放在這裡。

具先生　（看著她）

美貞　我家沒地方放。

具先生　！

美貞　（面露尷尬）我擔心被其他人看到……

具先生　！（準備把信件重新放到流理台的架子上，然後走出去）

美貞　（快速，難以啟齒）銀行那邊說，如果不是戶籍謄本上的地址，就不讓我變更收件地址，所以就幫我把地址轉來這裡。……很抱歉，因為狀況緊急，來不及問你。

具先生若無其事地走出門，留下獨自壓抑羞愧之情的美貞，開始收拾平底鍋及空碗盤。

19　具先生家門前（晚上）

具先生在喝酒。美貞臉色有些慍怒，揣著空碗從具先生家走出來。彼此裝作不認識，也沒打招呼。

20　家・客廳和廚房（晚上）

吃飯的時候，琦貞吐露自己遇到的鬱悶遭遇。

琦貞　為什麼要我搬去他家那邊的社區啊？那傢伙明明已經有女朋友了！

昌熙　他不是說那個社區很好嗎？是社區好！不是因為喜歡你！

琦貞　那種話隨便對誰都可以說嗎？一個有女朋友的傢伙？

昌熙　有女朋友的人連稱讚自己社區好都不行嗎？

琦貞　那個人不只是稱讚而已，他是叫我搬家欸！搬去他的社區！說我們可以住得近一點、最好住在同一個社區，這種話是對任何人都可以說的嗎？

昌熙覺得快瘋掉，在房裡的慧淑也很頭痛，濟浩只顧著看電視，斗煥夾在兩人中間，一邊尷尬陪笑一邊吃飯。

昌熙　（自言自語似地）你喜歡上人家啦，而且喜歡上沒多久。

琦貞　！（不好意思，突然）是他讓我搬去他的社區！在這之前我對他一點興趣都沒有！完全沒有！

昌熙放棄溝通，本想繼續吃飯——

琦貞　（一邊吃飯一邊碎唸）那傢伙……肯定是個花花公子。在戀愛關係裡拈花惹草的傢伙，全部都給我滅絕。像我這種有話直說的人，討厭就討厭，喜歡就喜歡，看我不飛踢他們！

昌熙　（大發雷霆）你在練跆拳道啊？踢什麼踢！

這時，深處房間的門突然關上，似乎是無法再聽他們的對話。美貞拿著空碗走來，斗煥站起來向房間鞠躬。

斗煥　我吃飽了。

慧淑　（坐著打開房門）好，快回家吧。（關上房門，期間還斜眼看了琦貞和昌熙一眼，這些讓人怒火中燒的傢伙）

美貞把帶回來的器皿整理了一下。琦貞和昌熙默默吃飯。

21　　家・姊妹房間（晚上）

美貞盯著發給前男友的簡訊。「聽說逾期超過五天，信用卡就

會被停卡，所以我先幫你墊這個月的貸款。聯絡我吧。」發送出去的文字仍然顯示未讀。她往上滑，還有很多未讀的訊息。她放下手機。該怎麼做才好呢……雙眼無意識地掃視房間一圈。

22　具先生家門前（晚上）

具先生沉默不語地眺望遠山。

23　美貞公司外景（白天）

24　美貞公司·辦公室（白天）

美貞沉浸在電腦畫面中，突然聽見一聲「啊」，往旁邊一看，似乎是志希因為太高興而尖叫出聲，然後又捂住了嘴巴。志希用手指了指電腦畫面，上頭是公司的官方網站。

〔INS. 電腦螢幕上顯示：七月十日金志希的親飯組桌號是十六號。〕下方還有三個人的名字，連部門與職位都清楚註記。

志希　今天的親飯組裡有（指著螢幕上的名字）閔浩植。（太開心了）

美貞面帶微笑，登入自己的帳號確認。

〔INS. 電腦螢幕上顯示：七月十日廉美貞的親飯組桌號是八號。〕

美貞的視線看向下方的名單。

美貞　！！

無言地看著電腦。

25　美貞公司・餐廳（白天）

一張四人桌的中間貼有號碼，上面寫著入座者的名字。志希那一桌有閔浩植，這將是一段與心儀的男人一起度過的愉快時光。每張桌邊都是洋溢著幸福的表情談天說地的臉龐。然而，美貞只是默默地吃著東西。美貞那一桌沒有人發出聲音。若要究其原因，是因為她跟向旻及泰勳一桌。這兩人也是沉默地吃著飯。女同事（二十多歲）似乎在用一雙笑眼打量著大家。美貞也覺得這一桌的沉默讓人有些不舒服……向旻顧著吃，一句話也沒說……

向旻　這個座位……好像不是隨機排的。

女同事　？

美／泰（知道是什麼意思）

向旻　這是把沒有參加同好會的人放在一起吧！

女同事 我有加入同好會啊？

向旻 你有？

女同事 是的。

向旻一臉「難道不是嗎？」的表情。大家恢復沉默，安靜吃飯。女同事覺得自己被安排錯桌，似乎有些不開心，但還是嘗試開啟對話。

女同事 您沒有參加任何一個同好會嗎？

向旻 ……嗯。

女同事 （像是在觀察表情，轉動眼珠看向泰勳和美貞）你們兩位也是嗎？

美貞 ……是的。

泰勳沒有回答，只是保持沉默。

女同事 ……為什麼不參加呢？

美貞 ……（看其他兩人都不說話）我家住得比較遠。

女同事 在哪裡啊？

美貞 山浦市……水原附近。

女同事 （雖然不知道）啊。

又陷入一陣沉默。女同事保持微笑，觀察著大家的表情。

女同事　部長您又是為什麼……？

向旻　……（像是自言自語）又沒有人會歡迎我。

三人　……！

26　公司附近・咖啡廳（白天）

女同事收起尷尬的笑容，明目張膽地滑起手機。向旻站在櫃台前看菜單，泰勳及美貞為了顧及職場禮儀，站在向旻背後一起看菜單。女同事依舊在玩手機。泰勳和美貞討論著菜單……

向旻　（回頭看向女同事）＊＊小姐，那個……

女同事　（頭抬都不抬）冰美式。

向旻有些不高興。泰勳跟美貞相當尷尬。這時，女同事的目光看向某處，臉上露出燦爛笑容，興奮地朝那個方向走去。

畫面跳轉，向旻、泰勳、美貞三人並排而坐，拘謹地喝著飲料。女同事在另外一邊，跟一群人開心地聊天大笑……途中，還用不甚友善的表情快速朝他們看。當她被問起「今天一起吃飯的人怎麼樣？」時，似乎也看了他們一眼。三人莫名露出充滿罪惡感的表情。

27　美貞公司・電梯裡（白天）

向旻一直在忍耐，但表情仍舊充滿憤怒。泰勳和美貞感受到緊張的氣氛，可依舊保持沉默。在公司裡完全不受歡迎的三人。

向旻　連吃飯時間都讓人倍感壓力……難道我就必須認識公司裡的每個員工嗎？

美／泰　……

向旻　就算跟其他部門的人打好關係又有什麼用？光是跟同部門的人打交道就很痛苦了。

美／泰　……

向旻　大家以前在學校都當過康樂股長嗎……（可恨）我才不要參加同好會。

美／泰　……

畫面跳轉，向旻走出電梯。

美／泰　（對著向旻的後腦勺說）請慢走。

只剩下兩人的電梯上升中，氣氛既尷尬又安靜。

美貞　……我姊要我轉告你，那天她對你很抱歉。

泰勳　……！（想起那天的事情）她是你的親姊姊嗎？

美貞　……是的。

泰勳　……（啊！）長得不太像。

美貞　……

28　琦貞公司・辦公室（白天）

陸續抵達的調查員在出勤簿上寫下名字，然後走進電話調查
室，裡面已經有許多調查員率先入座。一名男職員（第十四場
戲）抱著一大疊相關資料，先遞了一份給琦貞，然後分發給調
查室裡的調查員……情況十分忙碌。

琦貞站在一旁翻閱文件，瞥見坐在遠處的李組長（三十多歲，
女性）對金理事（四十多歲，女性）問：

琦貞　緊急調查不是輪到李組長嗎？

金理事　（壓低聲音）我等一下再跟你說。

琦貞一副抓到蹊蹺的表情看著金理事，這時朴振宇走進來。

振宇　來，請進！廉組長！（邀請進入調查室的手勢）

振宇走進調查室，琦貞也往那個方向走去。

29　琦貞公司·調查室（白天）

朴振宇和琦貞並排站在前方。

振宇　昨天有一位著名政治人物說：「三十五歲算什麼青年？只有二十九歲以下才能稱為青年！」關於這段發言是否符合現代價值觀，各方眾說紛紜，我一直認為自己還算是青年，因此從我的立場來看，這人簡直是鬼話連篇。

大部分為中年女性的調查員輕笑出聲，琦貞的表情很冷淡。

振宇　我剛剛是在開玩笑。今天緊急召集大家過來，就是為了調查大眾認為適合被稱為青年的年齡。感謝各位趕來參與會議……（看著文件）接下來我會告訴大家注意事項。

30　琦貞公司一隅（白天）

#電話部門裡，能聽見調查員們正以同樣話術進行問卷調查。透過玻璃窗，可以看見站在玻璃窗另一側的琦貞與金理事。
#畫面靠近琦貞與金理事。

金理事　朴振宇跟李組長……分手了。
琦貞　！（立刻說）朴振宇在公司裡發展辦公室戀情也不是一、

兩次了。她大概以為他們會在一起很久吧？（說到一半）太好了，他和所有女同事都交往過了，接下來再也沒有可以交往的對象，總算可以暫時安靜一陣子。

金理事 （微妙的笑容）

琦貞 （不會吧？）

金理事 聽說他跟經營支援部新來的女同事在搞曖昧。

琦貞 ……！（立刻變得無精打采）真了不起。

這時，監聽人員在監聽室門口對琦貞說：

監聽人員 第三十七號調查員一直在問引導性問題。這樣的話，我們好像必須捨棄這份數據。

琦貞 知道了，我確認一下。

監聽人員 （進入監聽室）

金理事 記得裝作不知道。（離開）

琦貞陷入某種情緒中，安靜地待在原地一下子……然後進入監聽室。

她在監聽室裡戴上耳機，聆聽監聽人員播放的錄音資料。

31　酒吧外景（晚上）

32　酒吧（晚上）

琦貞、昌熙、斗煥以及政勳都在，只有琦貞安靜地喝酒，三個
男人吵鬧不已，琦貞環顧四周，一臉不高興的樣子。斗煥豎起
衣領，頭髮上似乎也塗了什麼東西，雖然花了心思打扮，但依
舊給人俗氣的感覺。昌熙一邊喝酒一邊數落斗煥。

昌熙　是啊，你很久沒來首爾了……怎麼？至少戴條金項鍊
　　　吧？

斗煥　（喝一口酒）

昌熙　斗煥啊，吳斗煥，你千萬不要在夏天跟女人約會……你
　　　身上的臭味真不是開玩笑的。

斗煥　（感到難為情，靜靜地聞了一下）

昌熙　你一定要等到冬天再交女朋友。

政勳　你真殘忍……怎麼能說這種話啊？

昌熙　他自己一個人住！沒有人告訴他的話，他永遠都不會知
　　　道。（瞥了斗煥一眼）我的天啊……

政勳　（對斗煥說）喝酒吧。

昌熙　你趕快把這件衣服丟掉。衣服一旦有味道就洗不掉了。
　　　你一定要丟掉，要是再被我看到，我就立刻整件燒掉，
　　　真是……只因為它是名牌……到現在都捨不得丟……現

在哪有人會覺得這個牌子是名牌⋯⋯

就這樣吵吵鬧鬧，琦貞看向牆上的電視，電視上是八點的新聞
畫面。

〔INS. 記者評論：每個地方政府及團體對青年的定義標準不一，首
爾市政府認為二十九歲以下者為青年，但是全羅北道、全羅南道則
為三十九歲以下，慶尚北道的奉化郡是為四十九歲以下。對於「青
年的定義究竟是到幾歲為止」的問題，首爾民眾認為⋯⋯〕

琦貞　（替自己的酒杯斟滿酒，自言自語道）無法理解，真的無
　　　法理解。

三男　（這時才看到琦貞）

琦貞　又不是什麼辦公室戀情成癮症⋯⋯在公司一直⋯⋯其他
　　　地方都沒女人了嗎⋯⋯

政勳　看來那位朴振宇先生又換女人了，感覺他好像變成我認
　　　識的人了，因為聽你提起很多次。

琦貞　那傢伙就算了吧，我更不能理解那些女人。全公司的人
　　　都知道誰跟誰在交往，公司裡跟他交往過的女人都能排
　　　到巷口。即使這樣，還想跟他談戀愛？就這麼想變成朴
　　　振宇眾多女人的其中之一，當個卑微的女人嗎？（搖頭）
　　　真的無法理解⋯⋯

昌熙　（鬱悶）你不理解也無所謂吧！我才搞不懂你哩，他們自
　　　己開心就好，關你什麼事啊？還管人家談戀愛？

（之後只拍攝琦貞，剩下的部分利用特效）

昌熙　這有什麼好卑微的？難道跟我交往的女人都很卑微嗎？
　　　在我看來，她們是我人生中的一部分。

琦貞　……

昌熙　你以為這世上所有人都跟你一樣，只要一個男人，只要
　　　一種愛情，就算你們不是彼此的唯一，也要裝作只有彼
　　　此，非你莫屬，一定要這樣嗎？這是他們自己的事情，
　　　跟你一點關係都沒有。所以你不要多管閒事，讓他們自
　　　己去玩。那些人都過得很開心、很享受，他們一點都不
　　　在意別人的目光，就算你把他們罵得再難聽，他們也完
　　　全不在意。

琦貞　……

　　　昌熙灌了一口酒，盯著昌熙的琦貞忽然爆發。

琦貞　那為什麼只有我一個人被跳過？

昌熙　！！

　　　三個男人不知所措。琦貞（就像在看著振宇）用絲毫沒有動搖
　　　的眼神看著昌熙。昌熙有些後悔又心煩，該怎麼說呢……只
　　　能露出無法理解的乾笑。

昌熙　……我要瘋了。

琦貞	……他跟所有女人都交往過，為什麼偏偏只跳過我？
昌熙	……那個朴振宇也有自己喜歡的類型吧。
琦貞	……我！至少有前十名！
昌熙	……你們公司有多少女性員工？有二十個人嗎？
琦貞	……！他都願意跟條件比我差很多的女人交往了，為什麼只跳過我？
昌熙	……（對斗煥及政勳說）你們看到了吧？如果我說實話，她就會假裝沒聽見，然後自說自話。這種人應該要去當政治人物啊……
琦貞	……就算有些女人比我漂亮，但也絕對不會比我更有魅力！
昌熙	……（放棄，嘆氣，繼續喝酒）
昌／政	……（不知該如何是好）
琦貞	我說的都是實話。我覺得自己條件還不錯。
三男	……（無話可說）
琦貞	我是一個很有魅力的女人。
昌熙	……（與朋友們乾杯）先喝吧……他們怎麼還不來……（本來想要忘記，卻做不到）我真的覺得太丟臉了，廉琦貞你竟然是我姊……真是的……喔……
斗煥	姐姐，我能理解你。姐姐，這種事確實會讓心情不好。
琦貞	（看向斗煥，眼神流露出感謝之意）
政勳	在這裡提這件事，我真的很抱歉，姐姐……
琦貞	（看向政勳，眼神中透露著期待）
政勳	那個，就是，滿臉寫著「我就是壞」的那個女同事。

琦貞　（不祥的預感……）

政勳　是不是也跟朴振宇交往過？

琦貞　　！

三男　……

琦貞　　！

政勳　看來是這樣沒錯。那個女人一定很漂亮，百分之百很漂亮。

琦貞　……

33　市區一隅（晚上）

美貞提著蛋糕盒，站在原地四處張望，這時電話響起。

美貞　（接起電話）喂，（用眼睛尋找）我在**店門口，姐姐你在哪裡？（看到了，舉起手）我在這裡。

另外一邊放下手機走過來的是賢雅（池賢雅）。似乎遇到什麼不好的事情，像是在強迫自己擠出開朗的表情。

賢雅　今天比較晚下班啊？

美貞　我是配合你的時間。

兩人並排走著，這時賢雅的手機震動了一下，兩人停下腳步，

賢雅看著手機幾秒鐘。

賢雅　（壓低嗓音）瘋子……

美貞　！

賢雅　（把手機收起來）

美貞　怎麼了？誰啊？

賢雅　沒事，（為了改變氣氛）這次來的人有誰？

34　酒吧前（晚上）

賢雅及美貞進門後，就看見出入口那邊有三個男人站起來大聲喊道「終於來了！」，還問她們「怎麼這麼晚啊？好久不見」之類的話。

畫面跳轉，從外面看進店裡。他們唱了生日快樂歌，賢雅將蠟燭吹熄，說：「還是社區鄰居的朋友好，還幫我過生日。」他們聊著零散的話題，把蛋糕分裝到盤子裡，並送給其他桌的客人……

35　酒吧（晚上）

（昌熙不在）賢雅直接向琦貞提問：

賢雅　怎麼會沒有男人？男人這麼多耶。因為你想找八十分的男人，所以才找不到。就算你找到的對象有八十分，肯定又會不滿那不足的二十分，然後又想去物色更好的男人……姐姐你不就是這樣嘛？還說什麼要隨便找個人談戀愛，算了吧。就算我的對象只有二十分，我也是喜歡那二十分的部分才跟他交往的。二十分的男人要去哪裡找啊？這樣等於有二十個優點耶！要是我遇到三十分的男人，那我更要感恩戴德了！如果能遇見四十分的男人，那簡直就是走大運了！我理解如果自己擁有八十分的條件，就會想要找到同等級的對象，那要不要讓我幫姐姐打個分數？我今天會非常誠實地幫你打分數喔？

琦貞　喂……

旁邊那一桌的人偷偷瞥了一眼他們桌……

賢雅　人要有自知之明。大家都知道姐姐是怎樣的人，為什麼只有姐姐不了解自己呢？

斗煥、政勳及美貞不能直接笑出來，只好尷尬地乾杯。

賢雅　反正你也做不到。你根本不會行動啊，還隨便談戀愛哩！

斗煥　（親切）適可而止吧……為什麼用這種態度對姐姐……

賢雅　你們（斗煥、政勳）為什麼要放任琦貞姐？廉美貞！為

什麼你不管管你姊？你也有問題，應該要提醒她啊！

琦貞　你為什麼這麼生氣啊？幹嘛發脾氣？

賢雅　……

琦貞　我們一直在等你，就是為了幫你過生日。

賢雅　……

琦貞　他們（斗煥、政勳）還特地從山浦過來，就為了看看你。

賢雅　……

琦貞　還是你不想見以前的鄰居朋友，是我們多管閒事了？

賢雅　……不是這樣啦。

琦貞　不然呢？

政勳　今天是她生日，就讓她一下吧。今天賢雅想怎樣就怎
　　　樣，盡情耍脾氣吧！

賢雅　……我要跟男朋友分手。

全體　！

賢雅　（沉默地看向別地方，像是在忍耐悲傷）

琦貞　怎麼了？

賢雅　……

琦貞　算了，我一點都不好奇。你跟男朋友分分合合也不是第
　　　一次。

賢雅　（本來沉默不語，突然發火）那小子說好要買床的！我們
　　　交往都超過兩年了。

全體　！

旁邊那桌的男客人用唇語及表情互相問：「那又怎麼了？」

賢雅　買床又不是什麼小錢！結婚之後我就會買來當嫁妝，那為什麼要現在買？一定是因為不想跟我結婚，才沒有想到這些！

這時，鄰桌的男客人才發出恍然大悟的聲音。不過其中一個傢伙問他的同伴：「那人應該很有錢吧？」賢雅直接轉頭看向那張桌子。

賢雅　那個人才沒有錢，所以他甚至不是要買雙人床，而是打算買單人床，八十萬韓元的單人床！很瘋吧，他大概想要單身一輩子吧。（轉回頭，繼續說）他已經四十三歲了，那個男人。

男人們都垂下了眼，安靜喝酒。似乎所有人都認同賢雅憤怒的理由。比起尷尬之類的情緒，美貞覺得賢雅十分有趣。

琦貞　（意外）你也想結婚嗎？

賢雅　當然了！開放式關係為什麼不能結婚？我很開放耶，開放的人有什麼不能做的？當然都可以呀。

賢雅喝了酒之後，變得安靜許多。

賢雅　我們交往兩年了。即使交往了兩年⋯⋯我終究不是他心中的唯一。

全體　（賢雅不行了）

琦貞　你乾脆直接問他，問他有沒有想要跟你結婚。

賢雅　我不要，這種事情有什麼好問的。（喝一口酒）

眾人各自安靜地喝酒。賢雅心裡一陣空虛，視線漫無目的地飄向別處，然後突然回頭一看。

賢雅　他從剛才開始就一直在跟誰講電話啊？

聽到這個提問，大家一起看過去。昌熙拿著手機，站在（像是吸菸室一類的空間）玻璃窗的另一頭。雖然沒有開口說話，但是表情看起來不太好。

賢雅　他最近跟女朋友吵架了嗎？

斗煥　他們分手了。

賢雅　（看向斗煥）

斗煥　他們已經分手了。

賢雅　那他是在跟誰講電話啊？

所有人再次看向昌熙，唯獨琦貞收回視線。

琦貞　應該是邊尚美吧。

全體　（眾人一起看向琦貞，彷彿都在問：「那是誰？」）

琦貞　就是一個便利商店的店長。不是有很多那種大嬸嗎？隨

時都會打電話過來，光講自己的事情就要一個小時，丈夫怎麼了，兒子怎麼了……

賢雅　簡直令人抓狂……

她用憐憫的眼神回頭看著昌熙。昌熙像被禁錮的人，透過玻璃窗模糊地看著酒桌這邊。

琦貞　希望有人能解救他……

賢雅站起來，往昌熙的方向走去，感覺會鬧出什麼事情來。「喂喂喂喂！」有人想要阻止，但也放棄了，那是一種「我們不管」的氣氛。從酒桌看向昌熙那邊，賢雅對正在講電話的昌熙大叫，昌熙裝模作樣地要求停止，但也沒有積極迴避賢雅。遠遠地就能聽見賢雅的聲音：「我們分手吧！怎麼把女朋友晾在一邊一個小時，跑去跟別的女人講電話？你乾脆去跟那個女人交往吧！」

美貞看著做出行動的賢雅，有一種心情被解放了的感覺，酒也倒滿了，感覺就像一切愉快的事物都被釋放出來。但同時，也有一點點寂寞。

36　行駛在市區中的計程車裡（晚上）

三姊弟與斗煥一起乘坐的計程車裡，所有人都陷入昏睡，只有

美貞看著窗外，那是一種寧靜而鮮活的眼神。

37　聚會（夜）－回憶

（慢動作）昌熙也一起出席的聚會。眾人喧嘩，所有人都嘻笑吵鬧，沒有人在聆聽。美貞笑看著那群人。迷濛的氣氛中，美貞和賢雅對話。

美貞　（E）大家……好像都很會說話。

語畢，美貞嘻嘻嘻地笑。賢雅靜靜看著美貞，好像能夠理解美貞的淒涼。

賢雅　（E）人只要超過某個點，就會開始用語言展現魅力。倘若開始享受利用語言吸引他人視線的樂趣……就回不去了。你以為我說的那些話中，有哪一句是有意義的嗎？沒有，一句都沒有。所以，你千萬不要越過那個點，用語言展現魅力的那個點。我不希望你變成那樣。那是一種沒有信心走在正確的道路上，所以誤入歧途的感覺。在歧路上走得太遠，就會連回頭的念頭都沒有了。

賢雅認真地看著美貞。

賢雅　（E）我喜歡你這個人，因為我覺得你沒有想用言語去迷惑他人，所以你說的每一句話都很珍貴。

美貞嘴角上揚，露出微笑，感動得幾乎要落淚，這種感覺真好。

38　村莊一隅（晚上）

黑暗的鄉間小路上，一輛計程車緩緩前進。計程車裡，美貞看著窗外巨大而漆黑的山。

美貞　（E）如果重新出生的話，我想成為姐姐那樣的人。

〔INS. 再次回到聚會上美貞和賢雅的對話。〕

賢雅　（E）我上輩子活得像你一樣，所以發誓投胎之後要隨意地過活，才有了現在的我。但是，過著這樣隨便的生活，又會覺得這不是我要的而發誓重生，想活得規矩正派一些，也就是現在的你。不管是你還是我，都經歷過無數次這兩種生活方式。怎麼了，為什麼要假裝一臉純真？

美貞　（解放般的燦爛微笑）

38　村莊一隅（晚上）

（俯瞰視角）蜿蜒的道路上緩慢爬坡的計程車。計程車停在一處，小點從計程車裡陸續出來。計程車再次緩慢地開動。小點前往咖啡廳的方向。

40　家附近（晚上）

三姊弟下了計程車。計程車掉頭離開。他們的肩膀無力地下垂，就像一群殘兵敗將，朝家的方向走去。黑暗的鄉間小路上，三姊弟就這樣回家的背影。

美貞　（E）希望我們每個人都能獲得幸福。就像燦爛的陽光一樣，不會受到任何傷害。

41　便利商店外景（白天）

傾盆大雨……

42   便利商店（白天）

中年女人進到收銀台裡坐好，也許是看到外面有人進來便事先打開電腦畫面。她靜靜等待的期間，伴隨著一句「你好」的聲音，昌熙走進便利商店。昌熙將掛在脖子上的員工證靠近店長打開的畫面，完成身分驗證。

昌熙　　哇，好冷，您不冷嗎？冷氣怎麼開得這麼強啊？

昌熙開啟工作模式，直接走進貨架之間開始工作，女人卻像做了壞事，不斷觀察昌熙的臉色。女人的名牌上寫著「邊尚美」。

昌熙　　您想要抬高貨架嗎？（看了一圈）不用全部都架高，因為在那裡要看得到三角地帶的鏡子……就抬高這兩排吧？應該只需要抬高三十公分就行了。

邊尚美覺得羞恥難當，根本無法回答問題。
畫面跳轉，昌熙打開筆記型電腦，站著用電腦工作，邊尚美無法靠近昌熙，只能站在旁邊膽怯地……

尚美　　你們真的是因為我才分手的嗎？
昌熙　　……（眼神盯著螢幕）也差不多該分手了，您不用在意這件事。

尚美　（感覺快要死了）到底該怎麼辦啊？真是的……

昌熙　……

尚美　還是我打給你女朋友，讓我好好解釋行嗎？

昌熙　……（全神貫注地看著螢幕）二十五號、二十七號您哪一
　　　天方便？我要通知設備組過來幫忙。

尚美　……（扭捏）

這時有一通電話進來，昌熙接起電話：「是，是的。好，好，
好的好的。」
邊尚美在旁邊不知所措。

43　　另一間便利商店（白天）

六十多歲的男性店長戴著棉製手套整理貨品，同時報告店裡的
狀況。

店長　那個塑膠椅被風一吹就會自己到處亂飛，然後被那輛車
　　　（輕輕地）撞了一下，對方說要是讓他自己出修理費，這
　　　間店就要關門大吉了。哎喲喂，哪有人這樣恐嚇人的？
　　　一直在炫耀自己的車，我連聽都沒聽過。唉，我的人生
　　　要完蛋了。

昌熙　如果真的發生那種事，請馬上打電話給我。這些都可以
　　　申請保險理賠。

113

店長　　廉代理簡直就是我的神。我真的是……廉代理，我們一
　　　　生一起走。

昌熙　　桌子我會幫您換成實木的，跟椅子連在一起的那種。

店長　　真的謝謝你。廉代理，我們一定要一生一起走。

昌熙　　拿到健保卡了嗎？

店長　　（忘記了）啊……

昌熙　　咖啡機下禮拜一會進來，在那之前要拿到健保卡。

店長　　我沒時間……

　　　　這時——

男人　　（E）我要結帳。

　　　　昌熙離收銀台比較近，於是直接跑向收銀台。

昌熙　　是！

　　　　男客人放下商品。過了一會兒，一名女子跑進來，走向陳列商
　　　　品的貨架，這個人正是藝琳。

昌熙　　！！

　　　　這時，站在收銀台前面的男人——

男人　（看著藝琳的方向說）外面在下雨，你幹嘛下車啊？

昌熙　！！

藝琳　你等一下。（在貨架前東張西望）

店長　（親切）您在找什麼呢？

藝琳　＊＊＊。

店長　在這裡。

藝琳　啊，謝謝。

藝琳拿著商品興高采烈地走過來，一邊說「這個也一起結帳」，一邊放在男人的東西旁邊，這時才看到昌熙。

藝琳　！！

昌熙告訴他們總共多少錢，接過男人的卡來結帳，所有行動都非常平靜有禮。藝琳靜靜站著，彼此之間瀰漫尷尬的氣氛。

男人　（看著窗外）我們要在塞車之前趕快離開首爾……

藝琳在離開的最後一刻回頭看向昌熙，而昌熙始終沒有看藝琳。

44　便利商店門口（白天）

昌熙　（E）謝謝光臨。

　　藝琳率先走出來，表情不太好看。男人跟在她後面出來，開門上車，藝琳也緊接著上車。

45　便利商店（白天）

　　能夠看到窗外離開的車子。然而，不知道昌熙有沒有看到那輛車，他只是繼續若無其事地工作……應該是看到了，但好像在堅持什麼……

46　市區一隅（白天）

　　昌熙撐著傘，步履蹣跚，就這樣走著。途中，一輛車停在昌熙旁邊，駕駛座的玻璃窗降下來。

敏奎　你在工作嗎？

　　為了不讓駕駛座的人淋雨，昌熙用雨傘遮住駕駛座。敏奎（李敏奎，同事）坐在駕駛座上，膝蓋上是攤開的筆記型電腦。

昌熙　你在這裡幹嘛？

敏奎　（看著左右及上方，違法停車）這裡沒有監視器啊。我剛
　　　好有空。你吃過午餐了嗎？

昌熙　過期食物。

敏奎　吃不膩啊？

昌熙　還沒膩。

敏奎　（看著窗外的雨）我有點想要做辦公室的工作，安靜地坐
　　　在建築物裡，不管外面閃電還是打雷，都可以安靜地工
　　　作……街頭人生第八年，這次也沒有晉升組長的話，我
　　　們就離開吧。

昌熙　（微笑）這次會成功吧。（看著遠處）要升上去才行
　　　啊……辛苦了。

敏奎　我走了。

車窗搖上。褲腳被浸濕，昌熙離去的背影。

47　琦貞公司·休息室或茶水間（其他天，白天）

　　　一名看起來稚氣未脫的女同事（高恩菲）跟其他同齡的女同事
　　　一起看著彩券，說「這張中了五千韓元」，看起來心情很好。
　　　李組長微笑看著這些女同事。

李組長　看來這是朴振宇理事送你的。

117

恩菲　（他怎麼知道？）是的。

　　　　從這個角度可以看見角落的琦貞。

李組長　你是經營支援組新來的人嗎？

恩菲　嗯。（打招呼）

李組長　他給你彩券的時候有沒有說？說我把心動送給你，這樣你到週六就會很激動。

恩菲　您怎麼知道？

李組長　這裡每一個女人都收過朴振宇理事給的彩券。

　　　　所有人都對視微微一笑，只有琦貞靜靜的，她沒有收過……

李組長　明明星期五再送就好了啊，但他一定會在星期一給。這樣女生看到彩券，整個禮拜就會一直想到他。這招會不會太廉價了啊？才五千韓元……

金理事　不過，至少這讓人有所期待，星期六做其他事情的時候，也會突然想到：「啊，彩券！」（對琦貞說）你不覺得嗎？

琦貞　……是吧。（尷尬地微笑）

金理事　聽說朴振宇理事每個禮拜都會花五萬韓元買彩券。現在哪裡找得到這樣的主管？比起買咖啡給我，我更喜歡彩券。

李組長想讓恩菲無地自容，金理事卻溫柔地替恩菲擋下攻擊。

李組長氣鼓鼓的樣子，琦貞靜靜旁觀……

48　漢江邊（黃昏或晚上）

琦貞悶悶不樂地坐在江邊，旁邊是媛熙。

琦貞　連發彩券也只跳過我……就連有夫之婦都收過……新來
　　　的員工也收到……所有人都收到了……只有我……

媛熙　你就乾脆直接問他，為什麼只跳過你？

琦貞　……

靜靜看著眼前的風景……

琦貞　好希望現在隨便一個人打電話給我，隨便說點什麼。

媛熙　（荒唐）你不是一直在講話嗎？每天都講個不停，還想要
　　　繼續講話喔？

琦貞　……（表情平靜無波）我啊，沒辦法說出自己真正想說的
　　　話。我不想說一些假裝證明自己還活著的話，想要說一
　　　些輕鬆的話。對話啊……交流啊……讓人放鬆的話……
　　　我嘴上說想要性愛，其實我是想跟男人說話。

琦貞的頭髮隨風飄動。

49　美貞公司一隅（其他天，白天）

好像要去吃午飯，美貞與同事們一邊聊天一邊走著。這時，美貞的手機震動起來。她確認手機畫面後，露出有些驚慌的神情，然後停下腳步，接通電話。

美貞　喂。

朋友　（F）怎麼突然提到燦赫前輩？

同事們回頭看美貞，美貞做出「你們先走」的手勢及嘴型。

美貞　（轉身，繼續講電話）我有事情想問他，但是聯絡不到他。

50　美貞公司一隅（白天）

美貞拿著手機的臉。

朋友　（F）前輩到處跟人借錢，好像跟大家的關係都變得很尷尬。當初他興高采烈地說要去泰國做生意，我就覺得有問題了。聽說他完全收掉韓國的生意，跑到泰國去了。後來生意一直做不起來，信用破產。他還能投靠誰呢？只能去世英姐那裡了。

美貞　……！

朋友　（Ｆ）也有人說是世英姐主動收留他。他們一直分分合合，結果……

美貞　……

朋友　（Ｆ）但是你為什麼突然要找他？

美貞　……沒什麼大不了的。

朋友　（Ｆ）那是什麼？

美貞　沒什麼大不了的事。（催促令她煩躁，無意識地看向別處）

朋友　（Ｆ）難道你……在跟前輩交往嗎？

美貞　（慌張，但還是輕笑出聲）你想太多了……

51　美食廣場（白天）

依然愉快談天的同輩女同事們。趁著這個期間，美貞露出慢條斯理的笑容，大口吃著三明治。這時，美貞（吃三明治時）掉了小屑屑，秀珍伸手幫她擦，似乎覺得美貞很可愛。

秀珍　你們不覺得美貞很可愛嗎？

美貞露出尷尬的笑，有種備受寵愛、好像被當作小孩子的感覺。

52　地鐵‧月台（白天）

站著的美貞雙眼無神地發呆，就像暫停的畫面，靜靜地一動也不動……

美貞　（E）小學一年級的時候，我曾經考過二十分。本來應該要讓家長在考卷上簽名，但我不敢拿出來，光是看到裝著考卷的書包，我的心情就像揹了石頭一樣沉重。應該要讓父母簽名，我卻不想讓他們看見考卷。應該要解決問題，我卻不願去面對。此時此刻，我為什麼會想起這件事呢？

叮鈴叮鈴的聲音響起，地鐵馬上就要進站。這時，美貞深呼吸，勉強打起精神，搭上地鐵……

53　行駛中的地鐵（白天）

美貞靠在一邊站著，漫無目的來回滑著手機。

美貞　（E）真不知道什麼才是那張不應該被發現的二十分考卷，是像笨蛋一樣借錢給男人的我？還是跟女人借錢不還的那個傢伙？又或是發現那個傢伙回到前女友身邊這件事……（收起手機）我真不明白，到底什麼才是必須藏

起來的二十分考卷。（表情苦澀）還是……我才是那個
二十分……

這時，電車從地面下行駛到地面上，美貞看著窗外的風景。

54　村莊一隅（傍晚）

蟋蟀比平時更早就開始鳴叫。美貞有氣無力地走在鄉間小路
上，遠遠看見從具先生家衝出來的濟浩。

美貞　　！！

接著，慧淑也從具先生家裡跑出來，踮腳跟在濟浩身後。濟浩
跑向貨車停駐的工廠，美貞不曉得究竟發生了什麼事。不知所
措的慧淑再次回到具先生家裡，美貞因此看到了具先生家裡的
狀況。坐著的具先生用沾滿鮮血的毛巾捂住鼻子，好像受傷
了。

美貞　　！！

具先生看向敞開的家門外，與遠處的美貞視線相交。不知道是
酒意還是睡意，具先生的眼神看上去疲憊不已。接著，又馬上
轉過頭。

123

美貞　　！！

這時，濟浩把貨車開到具先生家門前，讓具先生上車。貨車從美貞面前經過。美貞看著逐漸遠去的貨車，後頭是憂心忡忡的慧淑。

55　　家・客廳和廚房（晚上）

一家人圍坐在餐桌旁，慧淑在餐桌及開火的瓦斯爐之間來回走動。

慧淑　　我叫他來吃飯，（用手在臉上比劃一大圈）這裡黑了一片，臉都變成一塊沾血的餅，才會睡到一半醒過來。我問他臉怎麼了，他自己看到鏡子都嚇了一跳。大概是喝酒時摔倒，又醉到不省人事，沒感覺到痛就直接睡著了。

美貞　　……

慧淑　　他整個冬天都在喝酒，好不容易把他拉出來，回歸正常人的生活，結果一天沒工作又變成那樣……但我們也沒辦法隨便生出工作給他。

昌熙　　他之前在哪裡、做什麼的啊？

慧淑　　我會知道嗎？不管問他什麼，他都不回答，就連問他叫什麼名字也吞吞吐吐……問他要怎麼稱呼……也只說「我姓具」。

琦貞　　他是不是闖了禍才要躲起來？

　　　　大家好像都在懷疑這件事，沉默不語。

琦貞　　你們不要過度照顧他。誰知道他之前闖了什麼禍，才會
　　　　這樣躲躲藏藏。

　　　　濟浩像是要打斷琦貞的話，端著飯碗及湯碗站起來，把空碗放
　　　　到流理台，走進房裡。

慧淑　　他沒有闖禍啦。哎……他是被別人搞了，他才沒有闖事
　　　　的本事，是被別人害了。

美貞　　……

慧淑　　素拉奶奶沒事就打電話給我，要我去具先生家裡看看。
　　　　她非常擔心自己家裡會死人。聽奶奶說具先生預付了一
　　　　整年的房租呢。

美貞　　……！

昌熙　　這個社區不會發生年輕人死掉那樣戲劇化的事情啦。我
　　　　從出生到現在，除了社區在夏天淹水、老人去世之外，
　　　　什麼事情都沒發生過。這裡沒什麼大事，什——麼事情
　　　　都沒有。

　　　　語畢，昌熙拿著空碗站起來往流理台走，然而，當他抬起頭看
　　　　向窗外時，整個人僵硬了！

昌熙　哇……這人是個強敵……

全體　　？

昌熙　他又去買酒了……

聽到這句話，所有人都站起來，跟著昌熙一起看向窗外。確實，具先生拿著裝了酒的袋子走過來，轉進自己家門。雖然天色黑得看不清楚，但他的鼻樑像被撞到一樣，整張臉正中間都是一片黑。大家站在原地望著窗外，美貞卻移開了視線，假裝完全不在意。

56　具先生家（晚上）

酒放在前面，具先生坐在桌子旁邊，無神地凝視前方，好像沉浸在某些思緒裡。

57　美貞公司・辦公室（白天）

美貞從印表機拿出一疊紙，整理好交給崔組長。崔組長雙眼盯著電腦螢幕，敷衍地伸手接過。面對這種情況，美貞依舊禮貌地鞠了躬。

美貞在泡咖啡，白寶蘭一邊喝咖啡，一邊生氣地看著美貞的後腦勺。

寶蘭　姐姐，你也要去關島嗎？

美貞　（？回頭看）我沒事幹嘛要去關島？

寶蘭　！

美貞　（若無其事地做手上的事）

寶蘭　我以為姐姐是故意瞞著我要去關島的事情……心情還有點……

美貞　？

寶蘭　……聽說韓秀珍跟金志希她們休假時要去關島。

〔INS. 以韓秀珍為主，開心聊天的四人。〕

寶蘭　她們四個人在竊竊私語，我一走過去就停下來。最讓人不開心的是，這種事情有什麼好隱瞞的？還怕有人追著她們不放嗎？

美貞　……！

寶蘭　……我還以為韓秀珍和姐姐很要好呢。

美貞　……！（雖然心裡受傷，但沒有表現出來，只是回頭露出淡淡的微笑）我沒有錢。

59　美貞公司・辦公室（白天）

美貞坐在自己的位子上工作，然後，突然看向韓秀珍那邊。金志希、女同事1和女同事2。韓秀珍跟要一起去關島的女同事們待在一起。她們時尚、優雅、充滿活力。美貞看著又轉回視線，面無表情地看向電腦，耳邊再次傳來崔組長的「啊，煩死了……」的碎唸。崔組長用紅筆在美貞製作的原稿（上一次文件的修訂版）上東畫西畫。此刻，美貞完全失去表情。

60　美貞公司・幸福支援中心（白天）

#能看到幸福支援中心的招牌。
#美貞表情僵硬，扭頭坐著。對面的香琪面帶笑容，語調誇張地說著話。在此之前，美貞從未展露任何表情，但現在已經精疲力盡。她露出非常嚴肅的表情，似乎決定自己絕對不會加入同好會。

香琪　我找到最適合廉美貞小姐的同好會了。朗，讀，會。朗～讀，你不覺得這個發音很棒嗎？我就喜歡這種，單字跟行為非常契合的感覺。朗～讀，聽起來既淒涼又清高，非常適合朗讀這個活動。這是新創立的同好會，聽說是由三位技術部門的同事申請的。一看到這個新同好會，我就立刻想起了廉美貞小姐。朗讀！廉美貞跟朗

讀⋯⋯！

沒有盡頭的誇張話術讓美貞眼淚都快流出來。深呼吸。在美貞的深呼吸之下，香琪才停止演說，小心觀察著美貞的表情。然而美貞還是崩潰了，說了一句話。

美貞　我沒辦法⋯⋯

香琪也有點慌張。美貞又吃力地說一句：

美貞　好累啊⋯⋯

說著，強忍的淚水流了出來。
接著就淚如泉湧⋯⋯
香琪十分驚慌，對美貞感到抱歉。

香琪　說得也是⋯⋯你家很遠⋯⋯

美貞的表情很難看，眼淚嘩啦啦地流⋯⋯
耳邊傳來香琪慌張的聲音⋯⋯

61　蒙太奇（晚上）

#市區一隅，能看到精疲力盡、走在街上的美貞後腦勺。

美貞　（E）我累了。我不知道自己從哪裡開始做錯了，只是覺
　　　得好累。

#行駛中的地鐵裡，還是只有美貞的後腦勺⋯⋯

美貞　（E）所有的人際關係都是一種工作，睜開眼睛的所有時
　　　間都在工作。

十分疲憊似地將頭靜靜傾斜靠在一旁。
下一場戲──

62　村子裡的一隅（晚上）

往家的方向走去的美貞後腦勺。

美貞　（E）什麼事都沒發生。沒有人會喜歡我。

就這樣呆愣地往前走的美貞後腦勺。
從周圍的風景來看，可以知道這裡是社區。

她走了一會兒，忽然看到某處而停下腳步。

靜靜地看了一下子，轉身往那個方向走去。

一步一步往那裡走……又再次停下來。

越過停下腳步的美貞後腦勺，能稍微看見坐著的具先生。

突然間，具先生回頭看向美貞的方向。

具先生　！

美貞　……

具先生　！

美貞　（後腦勺）為什麼你每天都在喝酒？

具先生　！

美貞　……

具先生　不然我能做什麼？

美貞　　！

具先生再次回頭，美貞沒有離開，站在原地不動。

即使具先生不願面對她，美貞依舊沒走。

奇怪的緊張氣氛。

美貞　要我給你事情做嗎？

具先生　……！（回頭看）

美貞　除了喝酒之外，要我給你事情做嗎？

具先生　……！

美貞　崇拜我吧。

131

具先生　！

　　這時才看著美貞的臉。

美貞　再過一陣子就要冬天了，當冬天到來時，這裡就沒有什麼東西是活著的，沒有能夠讓你繼續坐在這裡看的東西，工廠裡也沒有工作。你要是從早上就開始喝酒，繼續忍耐垃圾般的心情，生活就會變得像地獄。

具先生　！

美貞　我要你做任何事情你都得做，我想要被填滿一次，所以來崇拜我吧。

具先生　！

美貞　不是愛，是崇拜。

具先生　！

　　呆愣地看著美貞……

63　具先生家（晚上）－兩小時後

看著手機的具先生。
〔INS. 手機畫面。查詢崇拜這個詞。「崇拜，敬仰、佩服，respect。」〕
靜靜看著手機，哇……不知道該如何是好。

64　具先生家門口（晚上）

回到現在。

美貞用堅定的表情看著具先生。

具先生好像突然從酒醉中打起精神，嘴巴微開。

兩人四周充滿蟋蟀的鳴叫聲。

3

「今年冬天，我一定要談戀愛，不管是跟誰。」

1   多戶住宅公寓‧一間房（白天）

濟浩和具先生拆下一台既小又老舊的水槽。
沒有任何表情，用節制有度的動作用力卸下水槽，
然後在拆下來的空間上安裝新的水槽。
雖然十分簡陋，但廚房變得稍微整潔了一些。

2   多戶住宅公寓‧前（白天）

濟浩和具先生將拆下來的水槽搬上貨車。濟浩將綁好的繩子往
具先生那邊丟，具先生勾好繩子後再丟回去。
畫面跳轉，貨車駛離公寓。

3   堂尾站（白天）

#遠處一條道路的盡頭可以看見一個點，點越來越大，是一輛
即將進站的電車。
#電車進站停下。大約有十五個人離開月台，爬上樓梯。
#美貞走上樓梯。她前面是琦貞正在爬樓梯。一對從來不會並
肩行走的姊妹，彼此的關係並不算和睦。琦貞穿著高跟鞋的雙
腳步伐看起來很疲倦。

4　堂尾站前（白天）

琦貞和美貞從車站出來，往社區公車站的方向走，能看到濟浩
停在遠處的貨車。琦貞若無其事地往那邊走，美貞也往同一個
方向走。琦貞打開車門，低頭艱難地爬進去，看到駕駛座上的
具先生，嚇了一跳！
琦貞看起來猶豫不決，就這樣看著具先生！
具先生看了眼琦貞，也看了眼站在外面的美貞！

美／具　！！
琦貞　……對不起。

下車後，琦貞砰地一聲關上車門，再次往社區公車站的方向
走。
美貞也跟在琦貞後面，往車站的方向走。

琦貞　……（一邊走路一邊自言自語）明明是我爸的車，我幹嘛
要道歉啊？
美貞　……（無言地走著）
具先生　……（坐在駕駛座上，透過後照鏡看著美貞）
美貞　……（似乎很在意具先生）

5　村莊一隅・家附近（白天）

#社區公車放琦貞及美貞下車後便駛離。

幾乎快要走到家門口的琦貞和美貞。濟浩的貨車從兩人身邊經過。濟浩坐在駕駛座旁邊，似乎先去了超市，膝蓋上放著一顆西瓜。

#具先生把貨車停在工廠裡。接著，跟在濟浩身後往家的方向走。

6　家・庭院（白天）

慧淑在洗刷東西，琦貞和美貞往她的方向走來，另一邊是濟浩及具先生……

琦／美　我回來了。

慧淑趕緊接過濟浩手中的西瓜。濟浩走到水管旁邊，想要稍微洗漱一下。

慧淑　（對具先生說）趕快去洗個澡，然後過來吃飯吧。
具先生　今天沒什麼胃口……（打完招呼就想走）

濟浩本來想去簡單洗漱，但是聽到具先生這麼說，不解地看著

他。美貞本想若無其事地走進家裡，卻聽見了那段對話。

慧淑 怎麼了？……洗完澡就過來吧！

具先生（直接走人）

慧淑（對濟浩說）你們在外面吃過什麼了嗎？

濟浩（邊洗邊說）……哪有吃什麼。

慧淑（看著具先生）那為什麼不來吃飯？

離去的具先生臉上平靜而冰冷。

7　　**姊妹房間（白天）**

正在換衣服的美貞表情看上去不怎麼好。琦貞坐在電風扇前，
雙手雙腳伸展開來，讓冷風吹進衣服裡。

8　　**家・外景（晚上）**

9　　**家・廚房（晚上）**

慧淑把播號中的手機靠在耳朵上，雙眼望著具先生家，濟浩、
琦貞及美貞在吃飯。

琦貞　別管他了啦，人家就是不想吃，幹嘛一直煩人家……

慧淑　難道要讓整天都在工作的人，回去以後餓肚子嗎？

琦貞　啊人家搞不好就是想要空腹的時候先喝酒啊！

濟浩　……

美貞　……

琦貞　誰不知道他每天都在酗酒，你這樣照顧他，他就會振作嗎？你只是在暗中給他施加壓力，「打起精神來，好好生活吧……」

慧淑　（猛然）誰給他壓力了？

琦貞　媽媽你啊！

美貞漫不經心地吃著飯。慧淑滿臉不悅地整理廚房。

10　具先生家（晚上）

電視獨自發出聲響，具先生站起來，將空了的燒酒瓶放到一邊，打開冰箱。冰箱門就這樣開著，具先生在前面靜止不動。冰箱裡頭一片空蕩蕩，一瓶酒也沒有。他關上冰箱門。

11　村莊一隅（晚上）

具先生往車站的方向走去，那裡有一間便利商店。具先生走路

的背影。

美貞　（E）為什麼你每天都在喝酒？

具先生（E）⋯⋯不然我能做什麼？

美貞　（E）⋯⋯要我給你事情做嗎？

12　村莊一隅（晚上）－回憶

美貞　我從來沒有被滿足過。（說完這句話時流出一些鼻涕，內心崩潰）王八蛋⋯⋯王八蛋⋯⋯我交往的對象都是一些王八蛋⋯⋯

具先生　！

美貞　所以你來崇拜我吧，填滿我的內心。

具先生　！

美貞　再過一陣子就要冬天了。當冬天到來時，這裡就沒有什麼東西是活著的，沒有能夠讓你繼續坐在這裡看的東西，工廠裡也沒有工作。你要是從早上就開始喝酒，繼續忍耐垃圾般的心情，生活就會變得像地獄。

具先生　！

美貞　任何事情你都得做，我想要被填滿一次，所以來崇拜我吧。

具先生　！

美貞　不是愛，是崇拜。

具先生　！

具先生即使在酒醉中，似乎仍然精神抖擻，眼睛炯炯有神。他
站起來，心想該怎麼辦呢？然後垂下臉，經過美貞身邊，走到
路邊停下。

具先生　（指著美貞家）你回去吧，回去睡覺。（準備離開）
美貞　反正你也沒事做啊。

具先生不知道該怎麼回應，然後——

具先生　你覺得我是想做事的人嗎？
美貞　！
具先生　你知道我的名字嗎？你很了解我嗎？
美貞　！
具先生　我為什麼會待在這樣的鄉下，隱姓埋名安靜過日子呢？
　　　　因為我什麼都不想做！不想跟任何人，一起做任何事！
美貞　！

13　美貞公司・茶水間（白天）

美貞陷入思考，一動也不動之際，秀珍拿著空杯進來打算沖
洗，美貞不得不打起精神，假裝喝起手中的飲料。秀珍對美貞

143

還在這裡感到驚訝。

秀珍　怎麼了？你還不下班嗎？

美貞　……我不想回家。（話至語尾時，她看著秀珍，露出微笑
卻顯得淒涼）

14　**美貞公司‧附近（白天）**

美貞、秀珍、志希及寶蘭等一群人愉快地走著。

志希　我們的宅女怎麼突然不想回家了？這真是第一次從廉美
貞口中聽到不想回家之類的話。

15　**酒吧（晚上）**

一群人坐在吧台前，有的人前面放著啤酒，有的人前面是雞尾
酒。秀珍和志希分別坐在美貞兩側，眾人一起喝著酒，氣氛很
愉悅。

秀珍　為什麼不想回家？

美貞　……沒什麼。

志希　又來了！你要是再說沒什麼，我今天就讓你有什麼！在

我讓你說不出同樣的話之前，快說！

美貞　……（笑咪咪）有個男人會在我家吃飯，讓我覺得不太舒
　　　服。

一聽見有男人，周圍的人都蜂擁而上。

眾人　什麼男人？帥嗎？什麼職業啊？幾歲？

美貞　我也不知道。

眾人　（莫名其妙）

美貞　我真的不知道。（突然）連名字叫什麼都不知道。（自己
　　　也覺得莫名其妙）我對那個連名字都不知道的人……闖
　　　禍了。

秀珍　闖什麼禍？

美貞　（嘴角掛著微笑，閉口不語）

秀珍　（抓住美貞的雙肩搖晃）快說快說快說快說！！

美貞　（被抓著直搖，害羞地笑）

16　村莊一隅（晚上）－回憶

接著──

具先生　你借錢給男人對吧？

美貞　！

具先生　男人就跟狐狸一樣狡猾，借錢之後反過來作賊的喊捉賊。不敢吭聲的女人……他們都認得出來。

美貞　　！

具先生　去解決那些該解決的問題吧，不要在無謂的地方鑽牛角尖。

美貞低下頭，沉默不語，彷彿在壓抑著顫抖。就在此時——

美貞　　（低聲）那傢伙把錢還清以後，就沒有問題了嗎？我覺得好像不會有什麼改變，我的內心一次都沒有被填滿。在這個像乞丐一樣的人生中，這些像乞丐一樣的人們，每個人都在裝模作樣。隨隨便便就說出口的話，那些話……（語畢看向具先生。你，你現在就是在胡說八道！）

具先生　！

美貞　　……

具先生　我很抱歉，我也是個王八蛋。

美貞　　！

具先生往車站的便利商店慢慢走去。美貞看著逐漸遠去的具先生，心生一股好不容易鼓起勇氣求救、卻被無情踐踏的感覺。

EPISODE 3

17　酒吧（晚上）

喧囂中，美貞在酒精的催化下露出放鬆的笑容。這時，秀珍開玩笑似地做出驚訝的表情，向美貞秀出手機上的時間，十一點零三分左右。

秀珍　　怎麼辦？末班車！
美貞　　（渾身僵硬）啊……真不想回家……

大家像是一起喊口號般，「錯過末班車吧！錯過！錯過！錯過！」
盛情難却之下，美貞彆扭地擠出笑容。

18　村莊一隅（晚上）

美貞氣喘吁吁，邁出氣勢凌人的步伐的後腦勺。
她正從車站往村莊走。

美貞　　（喃喃自語）壞蛋……大笨蛋……每天只會喝酒……

就算不特意去看，遠遠也能看見具先生的家。
她絲毫沒有放慢腳步，撿起前面地上的石頭。
握緊石頭，想要扔掉。

就這樣呼吸急促地往前走，看到前面停著一輛車，還有兩名嘻笑不止的男人。代駕司機坐在車子裡，他們似乎是想要上廁所而下車，然後再趁著下車的空檔抽菸。那兩個傢伙不斷嘻笑，接著看見了從遠處走來的美貞。瞬間，美貞本來因憤怒而急促的呼吸聲因緊張而逐漸減弱，走路的速度也慢了下來。既不能回頭，也不能奔跑，與他們的距離越來越近。那些傢伙不斷地偷瞄美貞，交頭接耳。美貞非常緊張。隨著距離越來越近，他們似乎做好了某種準備，收起原本嬉鬧的神情，轉過頭時態度變得冷靜……

這時，從美貞身後走來一顆後腦勺。

是具先生！

他們因為看到具先生，行為就改變了。

具先生就這樣護著美貞，氛圍變成像是具先生在催促美貞離開。

那些男人安靜下來，只是不停地抽菸。

就這樣，兩邊人馬靜靜地經過彼此。

美貞沒有回頭，但她知道後面的人是具先生。

他好像是去便利商店買酒，塑膠袋裡是玻璃瓶互相碰撞的聲音，還有拖鞋踩地的聲音。

就這樣，具先生沒有猶豫地轉身走向自己家的方向。

他坐在自家門前的椅子上，打開塑膠袋。

陌生男人的車開走了。

具先生沒有盯著他們看，但也感覺得到他們離開。

美貞像是甩開手中的石頭一樣將之丟出去，然後走進家裡。

19　姊妹房間（晚上）

美貞梳著潮濕的頭髮，靜靜坐在黑暗中。
就這樣靜坐之際，傳來昌熙可以說是哭著哀求的聲音。

昌熙　（E）媽⋯⋯我求你開一下冷氣吧，好嗎？

20　家‧臥室（晚上）

慧淑側躺在黑暗中，一動也不動。

昌熙　（E）媽⋯⋯拜託⋯⋯

慧淑咬緊牙關站起來。

21　家‧客廳和廚房（晚上）

慧淑在黑暗中打開客廳的冷氣，然後在家裡來回走動，關上所
有窗戶。昌熙抱著枕頭以及被子走出來，躺在距離空調很近的
地板上。
慧淑關窗戶的時候，剛好看見具先生的家。具先生靜靜地坐在
家門口。慧淑看著具先生，然後繼續做手上的事。

22　家・臥室（晚上）

慧淑回到房間，一邊躺下一邊自言自語⋯⋯

慧淑　為什麼要背對這個世界呢？

不知道有沒有聽到這句話，只是靜靜待著的濟浩背影⋯⋯
〔INS. 依舊躺在自己房裡的美貞背影⋯⋯〕

23　具先生家門前（晚上）

具先生靜靜坐在陰暗的風景中。
桌子上有兩、三個形狀各異的燒酒杯。
飄過月亮的雲朵，搖曳的樹葉。
風景一點一點地移動，但具先生像顆石頭一樣安安靜靜。

24　美貞公司・前（白天）

美貞在一處角落打電話。電話順利撥出去，但沒有人接。
最終，她只能掛斷電話，重新確認跟前男友（燦赫）的聊天內
容，對方依然沒讀訊息。這段期間她又發了若干訊息，也刪除
了一些之前發出去的訊息。她收起手機，回到公司。

25　美貞公司・大廳（白天）

美貞臉色有些僵硬，但還是打起精神回到公司。就這樣往電梯走去時，香琪和秀珍（手裡拿著一杯午餐後的咖啡）正在一處聊天，香琪看見美貞，臉上露出驚訝的表情。

美貞　！

香琪面帶微笑，趕緊結束談話離去。
秀珍大搖大擺地走向美貞。
寶蘭手中拿著咖啡，已經站在電梯前等待。

秀珍　她問我你發生什麼事了？怎麼啦？
美貞　我被叫去幸福支援中心，（微笑）在那裡大哭一場，因為我不想加入同好會。
秀珍　啊？你就隨便參加一個吧。先隨便加入一個，然後再說太忙了沒辦法去，誰會多說一句話呢？
美貞　（微笑，似乎沒有那種想法）
秀珍　你真的很固執。

大家一起進電梯。

26　美貞公司‧茶水間（白天）

美貞正在泡冰綠茶，寶蘭就在旁邊。

寶蘭　跟我一起加入攝影同好會怎麼樣？沒有人會要求你喝酒，大家人都很不錯。

美貞　（似乎依然沒有妥協的想法）

寶蘭　總是有事沒事就被叫去，不是也很煩嘛！

美貞　……我不想再學新的東西了。我之前學游泳的時候，總是學不會自由式。因為是好幾個人一起學，所以就直接開始學仰式、接著蛙式……就跟在學校上課一樣，我一直背不起來九九乘法，課程卻直接進行到分數。從那之後，我就「只是」坐在教室裡而已。在同好會裡一直做同樣的事情，還是有點不好意思。（微笑）何況，我這個人對什麼事都沒興趣。

寶蘭　……好像是我多嘴了，我說韓秀珍她們自己去玩的事情。

美貞　……（面無表情，然後輕輕一笑）我像是喜歡旅行的人嗎？

27　美貞公司‧辦公室（白天）

美貞把印好的宣傳冊（約三、四張紙）放在崔組長的位子上，接著回到座位上確認震動的手機。表情僵住，凝視著手機。是

前男友發來的訊息。

「你幹嘛到處打聽世英的聯絡方式？／別人的錢就算了，欠你
的部分我可是拚命在還耶。我打了好幾份工，每個月都變成月
光族了，就是為了每個月匯款給你。／不就一個月沒匯款嗎？
／我現在頭痛得快要爆炸，你要是去聯繫世英的話，到時候連
錢都拿不到。」

崔組長一邊看著原稿一邊嘆氣，接著開始唰唰地畫了起來。然
而美貞看著訊息，耳朵已經聽不到這些聲音。

美貞　　（低聲）王、八、蛋。

聽到這話，隔壁座位的志希偷瞥了美貞一眼。是聽錯了嗎？
然後又看了一眼崔組長的方向，趕緊轉開視線。
崔組長靜靜地看著美貞，
然後走到美貞身後，看著地面認真思考。

崔組長　剛剛那句話是對我說的嗎？

美貞這時才察覺情況不對。
所有人都十分緊張！

美貞　　（僵硬）沒有，（舉起手機）我在看訊息。

崔組長似乎不相信，站在原地不發一語，大家都很緊張。

28   美貞公司 · 前（白天）

美貞從公司走出來，擔心美貞的寶蘭緊跟其後。

寶蘭　看來他也知道自己是個混蛋。

美貞　……

寶蘭　你要去咖啡廳的話，我們一起去吧。

美貞　（強顏歡笑）不了。我要回家工作，明天見。

寶蘭　（看著）再見。

29   咖啡廳（傍晚）

美貞坐在舊市區的一間小咖啡廳裡。

桌上放著背包，裡面裝了MacBook以及簡報。

靜靜看著窗外。

眼前是來自「解放教會」的招牌「今天將有好事降臨在你身上」。第一集裡，美貞上班途中在地鐵看過的那個招牌，似乎自己跑到眼前來。就這樣坐著的美貞背後傳來地鐵行經的聲音。

30　堂尾站前（第二天，白天）

豔陽高照的堂尾站。

先有四、五個人從車站走出來之後，

昌熙穿著與平時不同的乾淨西服走出來。

衣服令人喘不過氣，因而無法輕易跨出步伐。他滿臉不甚高興。

即便如此，還是得去，沒辦法。

31　村莊一隅（白天）

一身與鄉村風景格格不入的幹練衣著，

昌熙臉上無念無想，用一定的速度往前走。

又熱，又累，心情也很差。

32　斗煥咖啡廳前（白天）

昌熙維持這個狀態走來，坐在樹蔭下的平床邊。他感到疲累而只想靜靜待著。旁邊的斗煥呈大字躺著，也許是酷暑讓他太累，一點喘息都發不出來。

昌熙　（低聲）這個季節真的很討人厭。在這個季節，吐氣跟吸

氣的溫度根本沒有差別。

斗煥不曉得有沒有聽到，反正沒有回應。

昌熙就那樣坐著，無精打采地望著眼前的風景。

這時，一輛紅色跑車從遠處駛來。

不知道跑車要去哪裡，沒想到竟然停在了咖啡廳這邊。聽到車子開過來的聲音，斗煥也坐了起來。他們靜靜看著車子，直到車子熄火，從車上下來一對三十多歲的情侶，在不尋常的氣氛中感到畏縮。

男人　……這裡有咖啡嗎？

斗煥　……有是有啦，但不好喝。

男人　……

斗煥　……因為咖啡豆放太久了……抱歉。

那對情侶開車離去。

斗煥倒頭躺平，就這樣安靜不動……

昌熙　會有人來看這間店嗎？

斗煥　（眼睛睜都不睜）你覺得會有嗎？

繼續靜止不動的兩人。

昌熙　（看著）可以開個冷氣嗎？

斗煥　　（閉上眼睛，安靜不動，接著起身進入咖啡廳）

33　斗煥咖啡廳（白天）

昌熙整個人像抱著冷氣一樣，讓腋下可以吹到涼風。
似乎終於打起精神來，突然開始發洩憤怒。

昌熙　　瘋了吧！難道不是嗎？她憑什麼來參加我朋友的婚禮？
　　　　既然已經跟我分手了，理所當然也要跟我朋友絕交吧？
　　　　她憑什麼出現在那裡，還盛裝打扮，幹嘛啊？還說要維
　　　　持朋友關係？我才是那個受傷的人耶！「真是俗不可
　　　　耐」、「真是可怕」……話都給她說完了，以後還要當朋
　　　　友？（像要吃人似地看著斗煥）這人是不是神經病啊？當
　　　　我是白癡嗎？

斗煥　　對不起……

昌熙　　（為了冷靜而深呼吸，卻忍不住翻白眼，過一會兒）她說
　　　　跟那個男人什麼關係都沒有。結果，馬上又載了兩個
　　　　人，四個人不知道去哪裡了……這又關我什麼事？我管
　　　　他們是兩個人還是四個人、管他們要去哪裡？既然都分
　　　　手了，就斷得乾淨一點，這才是最基本的吧！在那裡嘻
　　　　皮笑臉（發神經）。和平分手？別開玩笑了，哪有情侶分
　　　　手是和平的啊？（稍微平復了心情）然後還在人那麼多的
　　　　地方說我讓她丟臉……

〔INS. 婚禮現場。藝琳滿臉淚水地離開……〕

昌熙雖然一直碎唸，但是想到這個畫面，心裡就難受。

昌熙　婚禮不能他們自己辦一辦嗎？以前是捨不得那些食物才
　　　去的，現在根本不缺食物……

斗煥　我餓了。

昌熙　……

34　首爾市區的咖啡廳（白天）

寬敞、安靜又時尚的咖啡廳裡，一邊坐著盛裝打扮的琦貞，對
面則是她的相親對象，雙方看起來似乎都很滿意彼此。

琦貞　聽說你家在議政府市。

男人　是的。

琦貞　這可是京畿道北部男子與南部女子的邂逅呢。我們都需
　　　要穿過蛋黃區才能見面呢。我弟弟曾說，京畿道就像包
　　　圍首爾的蛋白一樣，首爾則是蛋黃，所以才說我們是穿
　　　過蛋黃區才能見面。

男人　真有意思。從你那邊到首爾也需要一個半小時左右嗎？

琦貞　對。

男人　我也是。

琦貞　如果我們要去對方家，來回起碼需要三個小時。能去看

一趟大海了，哈哈。

男人　上下班通勤很累吧？

琦貞　累死了。

男人　你的體力能承受嗎？

琦貞　還好。現在電池好像快耗盡了。

男人　我也差不多。換工作或是搬家，好像必須在這兩者之間做選擇了。

琦貞　我要搬家，搬去首爾。

男人　看來你還沒放棄夢想呢。

琦貞　難道你放棄了嗎？現在放棄還太早，再堅持一下吧。

看了看周圍，視線再次回到這張桌子。

男人　正洙在手機裡把你的聯絡人名稱存成「接住的女人」，這是什麼意思啊？

琦貞　啊，那個啊。

男人　我問他是不是「很會接電話的女人」，他說不是，要我自己來問你，那是什麼意思？

琦貞　要講這件事，突然讓我有點想哭呢。

男人　……

琦貞　（陷入自己的思考）以前我們朋友之間會討論男女關係的最高境界……之類的話題，我想起小時候在歷史書上看到的故事，一個女人用裙子去接住丈夫被斬首的頭顱。小時候我只覺得可怕，完全無法理解，但隨著年齡增

長，現在的我覺得：「啊，我也會去接住。必須要接住。不能讓頭顱掉在地上啊。我要跑過去用裙子接住。」

男人　……

琦貞　不是嗎？難道不應該接住嗎？（再次陷入思考）我小時候去過暑期聖經學校一段時間，聽到耶穌被釘在十字架上的故事……奇妙的是，我對瑪麗亞特別感興趣。耶穌被鞭打後又被釘到十字架上，直到死亡為止大約隔了六個小時。但是在這六個小時之間，瑪麗亞一直待在耶穌身邊。然後，放下了耶穌的屍體。（結論）好帥啊……我也想要成為那樣的人……

35　堂尾站前（白天）

琦貞流露跟昌熙相似的氛圍，從車站走出來，沒表情地呆站了一下子，然後無力地往社區公車站的方向走去。

昌熙　（E）為什麼要接那種東西啦！

36　斗煥咖啡廳（晚上）

大概是從家裡拿吃的過來，碗盤四處散落堆疊，空啤酒罐也放滿整張桌子。美貞及斗煥吃著撒了砂糖的炸玉米片。

昌熙　誰會想跟你這種女人來往啊？我看他們比較怕自己被斬首吧？誰還敢跟你來往？說話之前動一下腦子吧，誰會跟初次見面的男人講那種話啊？

琦貞　是他先問我的！

昌熙　所以呢？他要是問你今天早上拉屎的狀況如何，你也一五一十地告訴他啊！

琦貞　我會全部說出來！

昌熙　（放棄）你還是單身吧，幹嘛非得這麼辛苦找一個人來談戀愛？對你來說太難了，放棄吧。沒有任何人會愛你的。這個世界上沒有任何男人會愛上想要去接斬首腦袋的女人。

琦貞　（鬱悶）我是說如果的話！如果出現那種狀況，我才會那麼做！

昌熙　（鬱悶）所以啊，你為什麼要去想像那種情況？我們只希望自己的頭好好黏著脖子！根本不會去想像那種情況！這麼多的例子中，你為什麼偏偏要舉男人被砍頭的故事啊？男女關係的最高境界就只有這樣嗎？現在是那種時代嗎？

琦貞　……

昌熙　你這根本不是要找男人，而是在找同道中人。世界如此太平，你心中應該充滿遺憾吧！你應該要跟男人一起捨身救國，一起衝進敵營犧牲自己，現在卻只能跟男人一起吃飯，你心裡肯定很不滿吧！

琦貞　（還以為對方已經聽懂，再一次說）這樣的話，一，逃

跑。二，昏倒。三，接住。你會選哪種女人？

昌熙　哎唷喂……

琦貞　逃跑的女人，昏倒的女人，接住的女人。你要選哪一種？（對美貞說）你又是哪一種女人？

美貞　如果出現那種情況的話，我也會去接住。

琦貞　（「你看吧」的表情）她也是接住的女人。像李藝琳那樣任性又嬌氣的女孩，是絕、對、不會去接的。那種女生三十六計走為上策，跑都來不及了。這就是愛情嗎？

昌熙　反正你到最後還是堅持要讓腦袋落地就是了……斗煥啊！我們要開戰了！姊姊的男人一定要被砍頭才行。

斗煥　（一邊吃）不是我就好。

昌熙　吳斗煥！用你的名字開戰也綽綽有餘。吳斗煥！

斗煥　廉昌熙！你的名字也不容小覷。

昌熙　（酒喝光了）廉美貞！去買酒來。

美貞　不要。

昌熙　不要？那就去具先生家借一點來。

美貞　！（好像這個提議很荒唐似地斜視）

琦貞　快去借啦！（疲倦地起身）你每天都拿吃的給他，他還不願意分一點酒給你嗎？快去，你不是跟具先生很熟嗎？

美貞　誰跟他熟啊，（收拾）回家吧。（試圖結束聚會）

琦貞　一杯不夠，你趕快去。（往廁所方向）

斗煥　具先生家裡沒酒了，算了啦。

昌熙　酒鬼家裡怎麼會沒酒？

斗煥　你看過哪個酒精成癮的人買一堆酒來放的啊？一定是每

次只買兩、三瓶。一開始的時候說今天就喝兩瓶吧，真的就只喝兩瓶，然後就只買兩瓶。喝了酒之後酒癮大發，怎麼停得下來？當然是在大半夜又跑去車站買酒。早知道一開始買四瓶不就好了，偏偏都只買兩瓶。酒精成癮的人就是過得這麼辛苦。

昌熙　你們關係很好啊？

斗煥　鄰居嘛。

昌熙　你跟他說過話嗎？

斗煥　……說過一次。

昌／美　！

斗煥　每次喝到一半，他一定會拿出新的杯子，所以桌子上總是有兩、三個燒酒杯。我問他為什麼要這樣，他說（頗具深意地看向昌熙）喝著喝著，無聊就換個杯子喝。

美貞　……！

昌熙　（真是……）好淒涼啊……

斗煥　我覺得那樣很帥耶。（將坐姿換了一個方向）白天的時候，他會看著那邊的窗戶喝酒。太陽下山的時候，會看著陽台。晚上的時候，就看著這邊的窗戶。一直變換角度，保持一模一樣的姿勢，就像站崗一樣，簡直就是我們社區的守護者。

昌熙　（站在窗邊，看著具先生家）今天他不在外面啊？

斗煥　現在不是比較悶熱嘛，也沒有風，大概在家裡吹冷氣吧。

美貞　（都整理好了，手裡拿著托盤）好了，走吧。記得把那個也拿回家。（走出去）

昌熙　……（靜靜看著具先生家）要去看看嗎？

37　　村莊一隅（晚上）

美貞收拾好碗盤，往家的方向走去，稍後昌熙也從咖啡廳出來，但卻是走往具先生家的方向。美貞不動聲色地回頭看一眼便繼續往家走，那傢伙……她靜靜地生氣。

38　　具先生家（晚上）

醉意讓具先生雙眼濕潤，他安靜地看著一切。昌熙環顧這個空間，對著白色的牆感嘆不已。

昌熙　哦，這面牆很適合捕蚊呢。（把臉貼在牆上，仔細看著牆面）哦，可以看得很清楚，非常乾淨。我的房間要是有蚊子飛進來，就沒完沒了了。壁紙也是，貼得亂七八糟，讓人眼花撩亂。（看著具先生）這是第幾瓶了？

具先生　……

看向桌子，發現有兩個杯子。

昌熙　我猜這是你的第二瓶……比起換杯子喝酒，我想換一個

酒友會更有趣吧？所以我才來這裡。我也來一杯吧。杯
子……

說著，昌熙往洗水槽那邊看，洗水槽裡放著幾個用過的杯子。
他打開洗水槽上面的櫃子，張望裡面的東西，看見一封壓在下
面的美貞的信件！具先生噔噔噔地走過來，砰地一聲關上櫃
門，轉身回到原本的位置。昌熙有點尷尬地看著具先生。

具先生 ……在你眼裡，我很可憐嗎？
昌熙 ……怎麼可能啊。

39　　家．姊妹房間＋客廳（晚上）

美貞裝作漫不經心地看著手機。過了一會兒，昌熙走進房間。
又隔了一些時間，琦貞也進來了。昌熙從房間出來，本想走進
浴室，但發現琦貞已經在浴室裡，於是又唸唸有詞地回到房
間。
好像什麼事都沒發生的氣氛。美貞安心地放下手機。

40　　行駛中的社區公車裡（第二天，早晨）

美貞坐在搖晃的社區公車後座，凝視窗外。看了好一陣子後，

具先生坐到中間的位子。

41　堂尾站前（早晨）

具先生先下車，往便利商店的方向走。
美貞則往車站的方向走。他們假裝不認識，踏上各自的路。

42　琦貞公司・電話調查室前（白天）

電話調查室裡十分吵鬧，調查員們在努力工作。一處角落，琦
貞一邊遞出文件，一邊跟振宇說話。

琦貞　　其他的都差不多了，但是居住在江原道的四十歲單身男
　　　　性的數據還不夠。因為是隨機電訪，所以沒辦法在六點
　　　　前完成，看來需要重新分配數據。

振宇　　（苦惱）再努力一下吧，還有一些時間。

琦貞　　再努力下去也不可能完成的，已經過了兩個小時，數據
　　　　完全沒有增加。

振宇　　（苦惱）……

琦貞　　重新分配吧。我們沒時間了。

振宇　　（結論）這樣吧，就到八點為止，我們就打到八點。（開
　　　　朗地舉手示意）

琦貞　　（在內心咒罵）

43   琦貞公司・茶水間（白天）

琦貞拿著裝滿冰塊的杯子坐在一處，還有女同事（安素英）以及李組長。

素英　今天也要加班嗎？

琦貞　每天都讓我加班，可惡。

素英　就是這樣才每天都發彩券給大家嘛。

琦貞　……（我又沒收過）

素英　對了，相親結果怎麼樣了？

美貞　……沒怎麼樣。下次還有機會的話再見面吧。

李組長　（好似嘲笑）這不就代表沒有下次了嗎？

琦貞　……（覺得受傷，但還是勉強揚起微笑）不好意思，你的獠牙是新做的嗎？

李組長　（冰冷的眼神）

琦貞　你的獠牙太整齊了。

李組長　獠牙不是動物用的名稱嗎？人類的叫牙齒。

琦貞　（視線下降，表情僵硬，瘋女人）

44   琦貞公司附近・便利商店門前（晚上）

疲憊的琦貞穿著居家服走進便利商店。

167

45   便利商店（晚上）

她一進門，就看見振宇站在桌子那邊，正在看著什麼。

琦貞　　！

振宇　　（晚了一點才發現）啊？準備要下班了啊！

琦貞　　是的。

振宇　　今天也辛苦了。（回頭繼續看）

琦貞　　（往後面走）理事您也是。

琦貞拿起東西，不知道在想什麼，整個人一動不動。朴振宇正在苦思，要填寫哪些彩券號碼。下個瞬間，琦貞走向振宇。

琦貞　　我可以問您一個問題嗎？

振宇　　嗯？

琦貞　　您送了多少女孩子彩券啊？

振宇　　應該很多吧？但也不是只送女人。（看著彩券）

琦貞　　但是，您一次都沒給過我，您知道嗎？

振宇　　！

琦貞　　（微笑）

振宇　　不會吧？

琦貞　　一次都沒給過。

振宇　　啊……啊……啊……對不起。我也被自己嚇到了，原來這麼明顯啊。啊，真是不好意思。啊……真的很抱歉。

46　咖啡廳（晚上）

琦貞和振宇坐在咖啡廳裡。

琦貞　今年冬天，我一定要談戀愛，不管對方是誰。……您不
　　　必緊張。

振宇　哈哈哈……

琦貞　我最近真的有點心浮氣躁，很想直接死掉。十四年來工
　　　作都一樣，會議也都一樣，周遭的人也都一樣，每天罵
　　　人生氣也都一樣，就這樣無限循環。我要這樣直到死去
　　　嗎？我不要再過這樣的生活了，隨便找一個人來愛吧。
　　　就算是我強摘的果實，也會開花結果的。放手一搏去愛
　　　吧，把整個世界都掌握在手中吧。可是，沒有人想碰
　　　我，大家都忽略我，就像理事您一樣。

振宇　啊，那個……

琦貞　是的，是下意識的行為。我想聽聽看那個下意識的理
　　　由。為什麼大家都跳過我呢？今天，就算會讓我的自尊
　　　心大受打擊，我也會認真聆聽。為什麼會這樣呢？

振宇　首先，從我的立場來看，我認為喜歡男人的類型是不會
　　　改變的。朋友說要介紹剛交往的新女朋友，結果一看，
　　　跟以前交往的女朋友一模一樣！喜好完全不會改變。一
　　　般來說，喜劇演員會跟喜劇演員結婚，演員會跟演員結
　　　婚。

琦貞　因為經常見面……

振宇　並不是因為經常見面，而是喜歡的類型不同。你喜歡見面的時候讓你感覺愉快的人，還是喜歡見面之後讓你怦然心動的人？我是後者。

琦貞　我也選後者。

振宇　（忽視）戀愛經驗豐富的人會非常清楚自己的喜好，但是經驗比較少的人就會不太清楚自己喜歡什麼類型。大家都喜歡浪漫的，但都只想到好的一面。如果真的遇到浪漫的舉止，又會覺得難為情而無法承受。

琦貞　雖然難為情，但是我喜歡。

振宇　會覺得難為情，就表示不舒服。

美貞　……

振宇　走其他路線的話，你應該會更自然、更有魅力。畢竟男女之間不是只能走浪漫路線，對吧？也可以是搞笑、獵奇、驚悚、日常、懸疑……多得數不清啊！其中，廉組長在哪個類型中最有信心呢？

琦貞　（聽不懂）

振宇　廉組長你的優點是什麼？

琦貞　（靜靜思考）我是像珍島犬一樣的女人，絕對不會背叛，會一直陪伴著走下去，守護自己的男人。還有，那個男人……必須是真男人。不是說那個男人要有魯莽的個性。我有自己認定的男子氣概。男人。

振宇　看來是日常派呢。差點變成驚悚片了。也有很多人喜歡日常派的。這種人不在乎驚喜或者紀念日，重要的是對生活的態度，注重的是核心。

琦貞　核心……態度……

振宇　往這方面去思考的話，就應該不會錯。何況，比起堅持隨機愛人的決心，不如在出現心儀對象的時候就率先主動追求，對你來說更有利。

琦貞　您真不愧是專家。好！如果出現心儀的男人，我一定會主動出擊！

振宇　……不要出擊，是告白。

琦貞　告白這種事太令人害羞了。

振宇　我媽媽經常說：「房子跟伴侶不需要強求，時機到了自然就會出現。」時機到了，自然就會出現，會來到身邊。

琦貞　會出現嗎？

振宇　會。

琦貞　（作勢撫摸包包）感覺應該要給您一點酬金。

47　　市區一隅（晚上）

琦貞和振宇走向車站，振宇看到旁邊的小岔路。

振宇　啊，我走這邊會比較快，你路上小心。

琦貞　（微笑）您還真是對我一點興趣都沒有呢，還特別走捷徑回家。

振宇　（驚慌）啊……那麼……（作勢要一起去車站）

琦貞　（OL 只是在開玩笑，像趕人一樣將他推往小路）快走

171

吧，快、快。

振宇　明天見。

琦貞　明天見。

振宇面露些許尷尬，噔噔噔地離去。琦貞面無表情地走向車
站。

48　行駛中的地鐵裡（晚上）

就像逃離首爾一樣，地鐵在地上奔馳。車廂裡是稀稀落落的乘
客。疲憊的琦貞凝視著車窗，車窗外「今天將有好事降臨在你
身上」的句子快速掠過。琦貞悶悶不樂，視線中透露出「哪有
什麼好事」的意味。她往旁邊一看，旁邊是一名坐姿歪斜的女
人，咦？這不是藝琳嘛！她滿身酒氣，惡狠狠地瞪大眼睛，因
為酒醉而不斷喘氣，卻仍專心沉思著什麼，那雙眼中充滿憤
慨。藝琳用「看什麼看」的眼神盯著琦貞好一陣子，接著
「咦？」靜靜望著對方。

49　堂尾站・月台（晚上）

兩人坐在長椅上。藝琳好像剛結束話題，酒也醒了一點。感覺
有些尷尬的藝琳動作粗魯地站起來。

藝琳　我要走了。

琦貞　（噔噔噔地跟上去，像是要攙扶一樣抓住）你先去一趟洗
　　　手間。

藝琳　不用。（甩掉手之後離去）

琦貞　去一趟吧。從這裡回首爾還要很久。

藝琳　我只是過來看一眼。（走著走著，開始對著天空大喊）我
　　　已經來過你們社區了！堂尾站！簡直鳥不生蛋！（再次充
　　　滿挑釁地碎唸）

50　　對面月台（晚上）

　　　琦貞對著正要搭上地鐵的藝琳說：

琦貞　想尿尿也要忍耐。這是末班車！要是中途下車，就沒有
　　　其他車可以搭了！就忍耐到首爾為止吧！

　　　電車關上門後出發。琦貞看著離開月台的電車尾巴。

51　　村莊一隅（晚上）

　　　琦貞離家越來越近，走到一半回頭看，昌熙正從遠處走來，也
　　　是剛下班的樣子。琦貞自顧自地走上回家的路。

52 家‧客廳和廚房（晚上）

昌熙有氣無力地進門。

昌熙　我回來了。

琦貞　爸媽都不在。

琦貞沒換衣服，閉著眼睛，坐在地上吹電風扇。

昌熙　他們去哪裡了？

琦貞　告別式。

昌熙　誰去世了？

美貞　（從房裡出來，手上拿著空杯）媽媽的叔叔。

昌熙打開冷凍庫，吹了一下冷風，接著拿出一把冰塊放進杯子，再去接淨水器的水。在這期間，琦貞都安靜不語。

琦貞　你為什麼自己甩了別人，還要假裝是自己被甩？（感覺似乎很疲倦，也沒什麼事好大小聲的，因此冷靜地說。話尾時，睜眼看向昌熙）

昌熙　……你在說什麼啊？

琦貞　李藝琳。不是你甩掉人家的嗎？

昌熙　！

美貞　（聽見這句話，美貞也看向昌熙）

琦貞	一個人去看約好一起看的電影，一個人去吃約好一起吃的餐廳。有哪個女人被這樣對待會不想分手？
昌熙	……
琦貞	這傢伙專做一些會被甩掉的事情。你就是因為做了這種事才會被甩的啊。
昌熙	……
琦貞	你有別的女人嗎？是不是有其他喜歡的女人，所以想要偷偷了結？
昌熙	你覺得我是這種人嗎？
琦貞	（知道昌熙不是那種傢伙）那為什麼要這樣？
昌熙	（只是做自己的事情）
琦貞	李藝琳。她在堂尾站哭了好久才離開。
美貞	……！
昌熙	（生氣又難過）她自己心裡有數吧，知道自己做錯什麼。（持續做自己的事情）
琦貞	做錯事的人不是你嗎？
昌熙	（猛然）是她先開始的。她的眼神我看得一清二楚。「這個人……沒什麼特別的啊。」那種冷淡又討人厭的眼神。跟女人約會一陣子之後，就會看到那種眼神。「這傢伙沒什麼了不起的啊，該怎麼跟這個人分手呢？先隨便找個理由，再想辦法甩掉吧？」
美貞	……！
昌熙	剛開始我也屈服了啊。我知道我沒有很厲害，不過還算是有趣的人，跟我約會不會無聊，但是就算我哄她、寵

175

她……都行不通的話，我能怎麼辦？她說要分手，我也只能同意啊。難不成要一哭二鬧三上吊嗎？我也只能把原因歸咎於是我讓她一個人看電影才分手，是她凌晨跟其他男人傳訊息才分手，絕對不是因為她發現我是個不起眼的人才分手！（哽咽！）

琦貞和美貞都聽懂了這段話的意思，心裡都不好受。

昌熙　（平靜下來後再次說）我也知道，對她來說我不是最好的選擇……她應該能有更好的對象，我知道啊！（感到侮辱或悲傷）

53　堂尾站月台 · 地鐵裡（晚上）－回憶

藝琳臉上，電車的倒影緩緩駛離。

藝琳　（E）他每次都問我，為什麼不好奇他住在哪個社區……為什麼不好奇堂尾站在哪裡……請轉告他，我看過了。

電車行駛之間，藝琳眼前飛速掠過「堂尾站」的站牌……

藝琳　（E）以後經過這裡的時候……應該會一直想起廉昌熙吧。
隨著地鐵開始加速，月台上零星貼著的「堂尾站」站牌變成了

「廉昌熙」。藝琳的心情也不好。

54　昌熙房間＋客廳和廚房（晚上）

昌熙連衣服都沒換就直接坐在桌子旁。琦貞和美貞也在客廳靜靜待著。大家心裡都不好受。昌熙接著突然起身，走出房間，離開了家裡。美貞不安的目光追逐著昌熙的身影。

琦貞　（驚）這麼晚了，要去哪裡啊？

55　村莊一隅（晚上）

昌熙步履蹣跚。

56　具先生家門前（晚上）

具先生打開門，昌熙站在面前。

昌熙　那天，我很抱歉。我喝醉了，冒犯到了你。但，我不是那種無禮的傢伙。

具先生　……

昌熙　我們偶爾也一起喝一杯，好好相處吧。

具先生　……

昌熙　……我該怎麼稱呼你呢？我只知道你的姓。

具先生　……

昌熙　我是八五年出生的。

具先生　……

昌熙　……我就叫你哥吧。

昌熙轉身離開，心中的包袱依舊沒有放鬆，但是表情稍微舒緩了。

具先生把門關上，回到自己家裡。

57　家門口（晚上）

琦貞和美貞待在家裡，看到昌熙回來後，臉上都露出安然的表情。姊妹倆離開窗邊。迎面走來的昌熙身後，一輛貨車行駛過來。昌熙脫掉衣服，開始在水管旁邊洗身體。貨車經過家門口，往工廠的方向駛去。過了一會兒，濟浩跟慧淑走進院子。

58　家・客廳和廚房（晚上）

濟浩和慧淑回到家裡。換好衣服的琦貞拿著毛巾從房裡走出

來。

慧淑　（瞥了一眼）大家剛剛才回來啊。

琦貞　（去浴室的途中）我今天加班，沒喝酒。

美貞把水倒滿杯子，回到房裡。家裡又恢復往日的情景。

59　地鐵地下通道（白天）

像是上班的途中，美貞走在轉乘的地下通道裡。

美貞　（E）仔細想想，我人生中的那些王八蛋們，一開始都是
　　　那種眼神⋯⋯好像在說「你不夠格」的眼神⋯⋯

60　地鐵月台（白天）

表情像是在想事情，思考到一半的時候，又好像不願想起來似
地，轉過頭深呼吸。

美貞　（E）有種自己變得不起眼，變得微不足道的感覺。讓我
　　　感到疲憊、變得病態的主因，都是那些眼神。因為想要
　　　發現自己的可愛之處，進而投入一段關係，最後卻只發

現自己確實一無是處，於是只能回到原點，就這樣不斷反覆輪迴。我應該要去哪裡尋找答案？

等待電車停下來的美貞臉上。
〔INS. 像在看美貞一樣，凝視鏡頭的具先生的臉。〕

具先生　你呢？你又滿足過誰嗎？

就這樣靜靜待著的具先生。
還有，轉身離去的具先生背影。
想到這裡，連呼吸都停下，靜止不動的美貞。

61　工廠（白天）

默默工作的具先生汗如雨下，用毛巾拭去汗水。配合著不斷運轉的機器，他也機械般地動作著。然後，似乎暫時得以休息，蹲在入口處，看著陽光普照的外面，靜靜的。

62　美貞公司‧餐廳（白天）

和同輩同事一起吃午餐的美貞。
同事們喋喋不休地跟美貞說話。

秀珍　那男人最近也去你家吃飯嗎？

美貞　（微微嚇了一跳。為什麼又提到這件事？難為情）

秀珍　你還是覺得不舒服嗎？

美貞　沒事。別說了，忘掉這件事吧。

這時，美貞的手機開始震動，她拿起來看，同事們各自聊起自
己的事。美貞靜靜看著簡訊。「『幸福支援中心的通知』我們
將提供您最新的同好會資訊，請您今日前往支援中心一趟。」
美貞抱著「說不定」的心情，用眼睛尋找向旻和泰勳，發現泰
勳也在看手機，泰勳附近的向旻一邊看著簡訊，一邊生氣地用
嘴型罵人。然後，向旻看向美貞，美貞趕緊轉移視線。

63　美貞公司一隅（白天）

美貞、向旻與泰勳默默無言地站在角落。

向旻　看來真的要去跟人權委員會檢舉了。

泰／美　……

向旻　乾脆待會兒就去？

泰勳　還是我們自己解決吧，隨便做點什麼。

向／美　？

泰勳　感覺不加入同好會的話，支援中心會一直把我們三個叫
　　　來，要是告訴他們我們三人自己有一個同好會，後面不

辦聚會也沒關係吧。

向旻　（雖然很想贊成）但是，只有我們三個人的話肯定會被懷疑。

泰勳　（確實有可能）

向旻　（然而，似乎也只有這個方法）如果他們問我這個同好會的主題呢？

泰勳　……！（您同意了嗎？）

向旻　讀書？已經有讀書會了，還有什麼主題沒用過嗎？

泰勳　（思考）登山會應該也有了。

向旻　肯定有的啊。（思考）這個必須要謹慎選擇才行。如果說了已經存在的主題，肯定會被迫加入。（思考）書法……（行不通）能不能知道公司同好會的清單啊？只要是清單裡面沒有的就行了。

泰勳　（趕緊打開手機）我看一下公司網站，應該會有清單。

向旻　好，交給你了。

　　　　美貞靜靜待著。

美貞　我們真的成立一個同好會，怎麼樣？

尚／泰　！

美貞　出走同好會。

尚／泰　！

美貞　（沉靜）我想要從現狀出走。我想要獲得解放。我不知道自己被關在哪裡，但感覺被囚禁了，每天心裡都不舒

坦，黑暗又鬱悶。（結論）我想要突破這個狀態。

像被同化一般，泰勳和向旻也靜靜看著她。

向旻　解放啊，真不錯……

64　幸福支援中心（白天）

香琪一臉「怎麼回事？」的表情。對面坐著美貞、泰勳以及向旻三人。

香琪　三……位嗎？

向旻　是的。

香琪　（看著提交的申請書）出走……同好會要做些什麼呢？

向旻　雖然大韓民國在一九四五年就被解放了，但我們還沒有解放成功。

香琪　（等待進一步說明，但是話題卻結束了？）

向旻　……（結束）

香琪　所以……三位打算要……做的是……

向旻　……解放……就是我們要做的事。

香琪　（嗯？還是無法理解）

65　田地（白天）

玉米稻稈發出啪嚓啪嚓的聲響。美貞快速摘著玉米，遠處的濟浩被玉米遮住了臉，時而出現，時而消失。慧淑的臉也是一下子出現，一下子又消失，還有……也看得見具先生的臉。

66　美貞公司·大廳（白天）－回憶

美貞、泰勳及向旻聚在大廳一隅，看起來都是剛下班的模樣。

向旻　不過，我們要從什麼東西裡面解放出來呢？該做些什麼呢？

美貞　（本人也不知道）

泰勳　我們就先從這件事開始思考吧。我們應該從什麼樣的狀態中解放自己？

〔INS. 走出公司大樓，三人朝著各自的方向散開，似乎都充滿力量，過去從未見過他們如此生機蓬勃。〕

67　田地（白天）

分開吃飯的濟浩、慧淑、美貞與具先生。

具先生只喝飲料。

濟浩和慧淑率先站起身，抓起裝滿玉米的箱子移動。如此一來，就只留下美貞和具先生。美貞看著背對自己靜靜坐著的具先生，就這樣凝視著對方，慢慢起身，忽然拍了拍棉製手套。

美貞　需要⋯⋯我來崇拜你嗎？
具先生　！

具先生回頭，美貞這才看清楚具先生，臉上是僵硬的表情。

美貞　總覺得你的內心好像也沒有被填滿過。
具先生　！
美貞　需要的話就跟我說吧。

然後，美貞若無其事地走進玉米田中。具先生一臉荒謬地看著美貞。

68　具先生家（晚上）

具先生似乎喝了酒，滿臉漲紅，靜默不語。雙眼都不眨，靜止不動。然後，有一瞬間他似乎有些無奈，發出一聲乾笑，表情放鬆下來。不知道該怎麼辦，有一種不會就此結束的預感。

185

69 家門口（第二天，早晨）

早上寧靜的鄉村風景之後——

美貞　（E）我出門了。

美貞從家裡出來，往社區公車站的方向走，具先生也從家裡出來。就這樣，彼此之間的距離逐漸縮小。和往常一樣，具先生沒有打招呼就走了。

美貞　我們以後好好打招呼吧。
具先生　！（停下腳步，看著她）
美貞　（堅定的表情）以後好好打招呼吧。

具先生默默看著美貞。

具先生　社區公車要來了，快跑。（離去）

美貞看著具先生的後腦勺，
一步一步走開的具先生回頭看。

具先生　跑啊！
美貞　　！

具先生再次走開。

這時美貞才回頭看，社區公車真的從遠處駛來。

美貞努力奔跑。

奔跑的途中，她的表情逐漸放鬆下來，

就這樣勉強追上了公車。

70　工廠前（白天）

原以為已經進入工廠的具先生站在工廠門口，確認美貞上了公車之後，才回到工廠裡。

71　行駛中的社區公車裡（白天）

美貞坐在行駛的社區公車上，一臉放鬆的樣子。

一開始氣喘吁吁，做了一陣深呼吸之後，呼吸順暢了起來。

4

EPISODE

「雖然不知道自己被關在哪裡，但是我想要破繭而出。」

1   村莊風景（白天）

2   家・客廳和廚房（白天）

　　　　電風扇正在運轉，

　　　　美貞像小孩一樣安靜地吃飯。

　　　　濟浩、慧淑都沒說話，具先生也在，氣氛更加尷尬。

　　　　只放了辣椒粉的地瓜莖快速炒一炒便上桌。

　　　　慧淑站起來，把鍋裡的地瓜莖又盛了滿滿一盤出來。

　　　　就這樣吃著飯，濟浩吃完飯、喝完鍋巴湯後，起身走到外面。

慧淑　（瞥一眼濟浩的背影）我啊，這輩子從沒聽過那老頭稱讚
　　　誰工作做得好……但他很欣賞具先生，總是說你非常能
　　　幹，不管做什麼都做得很好。

具先生（沉默，只是繼續吃飯）

慧淑　我還是第一次聽到他稱讚美貞以外的人。從小他就特別
　　　喜歡美貞。我做的抽屜，他總是不屑一顧，但一定會看
　　　美貞做的。她小學三年級就會做裝飾的木條，還會操作
　　　各種機器，從小就很厲害。

美貞　（幹嘛提起這種事情啊？從小就在工廠裡工作，讓人覺得
　　　無地自容）

慧淑　（指著掛在牆上的照片）那個、那個，都是她小時候在工
　　　廠拍的。

191

盛情難卻，具先生只好順著慧淑的手轉頭看，是小學三年級左右的小美貞正在製作抽屜的照片。照片的顏色褪去，因為拍攝的是側面，看不清楚正臉。美貞莫名覺得不好意思。

慧淑　她上面的哥哥姊姊，每天放學回家第一件事就是丟下書包跑出去玩，但她總是立刻就去工廠，連作業都先放一邊。

美貞　……

慧淑　那時候對這個很感興趣吧。要是沒興趣的話，不可能做得那麼好。

這時，外面傳來大聲喊叫。

濟浩　（E）幫我拿籬筐！

慧淑　好！

慧淑拿起塑膠籬筐走出去，留下具先生和美貞兩人單獨吃飯，氣氛非常尷尬，幾乎要令人窒息。
但兩人還是繼續吃飯。

3　村莊一隅・社區公車站（白天）

琦貞（手裡拿著只剩下冰塊的咖啡杯）笑容滿面地下了社區公

車。昌熙緊隨其後，然後一下子超越琦貞，走到最前面。琦貞
瞪著昌熙，喃喃說：「臭小子……」

4　院子（白天）

慧淑把籃筐交給田裡的濟浩，走在回家的路上，看見一邊低聲
咒罵一邊追趕昌熙的琦貞，還有猛然轉身的昌熙。

昌熙　夠了！

琦貞　什麼夠了，臭小子！

慧淑　又來了又來喔……

琦貞　那個臭小子，眾目睽睽之下對我罵髒話耶！！

5　家・客廳和廚房（白天）

尷尬地吃著飯的美貞和具先生。

昌熙　（E）誰對你罵髒話了？

琦貞　（E）我明明就聽到了！

昌熙　（E）喔，真是的。是啊，就算我罵髒話了，有誰會拿咖
　　　　啡上公車的？

琦貞　（E）裡面只有冰塊！沒有垃圾桶，我不得已只能拿著搭

公車，神經病。

昌熙　（E）連站都站不穩了，還天天穿高跟鞋！到底為什麼要
　　　　拿一堆東西上公車，還撲到我懷裡！噁心死了！

6　　家・庭院（白天）

琦貞　我什麼時候撲到你懷裡了——！（幾乎快哭了）我撲到你
　　　　懷裡？（搖晃）這叫撲嗎？你說啊！

慧淑　丟臉丟到整個社區，夠了。快進去。

　　　　昌熙發出一聲「哎唷！」強忍怒火回到家裡。怒火未熄的琦貞
　　　　拿起拖鞋，猛然扔向走進家門的昌熙。

7　　家・客廳和廚房（白天）

　　　　正在吃飯的美貞被打中。
　　　　眾人安靜。
　　　　琦貞看到具先生後，也停在原地不動。

昌熙　欸……她還在吃飯……

　　　　美貞思考著要怎麼處置拖鞋，似乎有些猶豫，接著撿起來往玄

關走去。琦貞瑟縮著往後退一步，美貞做出投手的姿勢，一把
將拖鞋扔出去，然後回到原本的位子，若無其事地繼續吃飯。
具先生感到不可思議。

畫面跳轉。

8   家‧客廳和廚房（白天）

（換了衣服的）琦貞在吃飯，臉上怒氣沒有消退，
慧淑在廚房裡來回走動，忙著收拾殘餘。

慧淑　別家的孩子都會跟家人一起和樂融融地聊天，我們家的
　　　孩子到底吃錯什麼藥？……一見面就吵架……都長這麼
　　　大了，還不知道留點面子，在大馬路上大吵大鬧……
琦貞　我已經忍到家裡才吵了！
慧淑　（呼……不想說話）

9   具先生家門口（晚上）

具先生坐在平常的位子上，以同樣的姿勢擺好酒，昌熙坐在另
一邊。

昌熙　你要小心別惹到美貞。她總會突然變得很暴躁，暴躁的

195

時候⋯⋯很恐怖。我不是因為害怕才說恐怖，該怎麼說呢？不會打架的人都有一個特徵，就是有些行為會釀成嚴重的後果，但是本人並不知道。我們這樣每天吵吵鬧鬧，但心裡還是有一把尺，不會闖出嚴重的事故，但美貞她是那種⋯⋯真的生氣的話，會把人直接從懸崖上踢下去的人。她不會去思考嚴重性。

具先生　⋯⋯

昌熙疲憊地抹了抹臉。

昌熙　　啊⋯⋯我真的快累死了⋯⋯

看著燈火通明的家，再看向昏暗無光的咖啡廳。他不喜歡家裡，但咖啡廳也關門了。

昌熙　　⋯⋯我本來下定決心不再罵人⋯⋯我告訴自己這就是我的水準⋯⋯我也想要接近這種水準的人⋯⋯等我準備好了，時機成熟時，不費力氣也可以自然融入高端族群⋯⋯本來決定以這種心態生活⋯⋯（今天實在太累了，一直按著眼睛）整天工作就已經快累死了，回到家還不放過我⋯⋯（靜靜待著）好想獨自在可以盡情開冷氣的房子裡生活⋯⋯在聽不到人類聲音的地方⋯⋯

具先生　⋯⋯

昌熙　　（看到具先生）哥，你是我的夢想，獨居的男人。

具先生　……（隱約笑出來）

　　　　兩人之間一時無話，後來——

昌熙　　你怎麼會來到這裡啊？

具先生　……！

昌熙　　很多人從這個社區搬出去，但是沒有人會選擇住進來。
　　　　你在這裡有認識的人嗎？

具先生　……沒有。

昌熙　　那你怎麼會想來？

具先生　……

昌熙　　你小時候住過這裡嗎？

具先生　（好像覺得煩躁，似乎不願意深想，於是簡短地說）下錯
　　　　車了。

　　　　昌熙不懂那是什麼意思，具先生靜靜地將酒杯倒滿，這時傳來
　　　　摩托車轟隆轟隆的聲音。斗煥身穿足球服，摩托車後面裝滿了
　　　　足球用品。

昌熙　　（起身）幹嘛把門鎖起來到處亂跑啊？又沒東西可以偷！

斗煥　　又不是我鎖的！

　　　　斗煥拿起摩托車上的東西，打開車門走進去。昌熙看了眼斗
　　　　煥，然後對具先生說：

昌熙   我先走了……（就往家裡走）

斗煥走出來整理物品，發現昌熙往家裡走。

斗煥   怎麼就這樣走啦？
昌熙   （沒有反駁，直接回家）

10   家・庭院（晚上）

昌熙進來，濟浩從流動廁所走出來，把衛生紙放在鞋櫃的架子上，走到水管邊洗手。昌熙回到家裡。毫無眼神交流的父子。

11   家・客廳和廚房（晚上）

昌熙進來，琦貞在浴室洗漱後走出來。

昌熙   （猛然）你先洗頭再去睡覺。不要一大早兩個人在那邊霸佔浴室。

慧淑正在整理廚房，眼看兩人又要吵架了，心煩意亂。
琦貞沒有回答，逕自回到房間裡，昌熙也回到自己房間。

昌熙　（走向房間）早就說過再弄一間浴室了。

慧淑　（本來想忍耐）你們以後都不在的話，要兩間浴室幹嘛？
　　　（本來不想繼續說，卻又）一年內全都給我搬出去，去有
　　　兩間浴室的房子。（忍著怒氣結束話題）

　　　美貞擦拭幾個杯子，放到架子上，拿起餐桌上的玉米吃，偷偷
　　　看向具先生的家。具先生依舊坐在家門口喝酒。美貞一邊吃著
　　　玉米，一邊淡然地回到自己房間。

12　昌熙公司・辦公室（第二天，中午）

　　　一處角落，江組長（江賢旭，四十歲出頭）宛如一個稱職的前
　　　輩，親切地對昌熙說話，昌熙卻表現得像個罪人。

江組長　我也會這樣，把那天最不想去的分店排在第一個行程，
　　　新人時期會把不想去的地方放最後一個……你也知道的
　　　嘛！這麼做的話，整天心情都會受影響。一大早就把事
　　　情解決，一定比拖到最後好一百倍。不過即使如此，你
　　　也不能對店長們說這些話啊！

昌熙　我不是對店長們說的。

　　　語畢，瞥了一眼另外一名女性，鄭雅凜（鄭前輩，昌熙的同輩
　　　同事）。

雅凜坐在位子上，毫無顧忌地跟其他人聊天。

江組長　對方要我換掉負責人。為了這種事情就換人，這有
　　　　點……你去說說看。

昌熙　　……

江組長　你打過電話嗎？

昌熙　　……對方沒接，發簡訊也沒有回覆。

江組長　……（左右為難）打到對方接為止啊，不然還有什麼辦
　　　　法？

13　　昌熙公司・走廊（白天）

　　　昌熙從辦昌熙公室走出來，壓低聲量跟敏奎說話。

昌熙　　（看著手機）我昨天巡門市的時候就覺得很奇怪，不管去
　　　　哪家店，大家都會問我今天最先去的門市是哪間。我問
　　　　他們怎麼了，都說是鄭前輩告訴他們的，說我要是有看
　　　　不爽的人，就會第一個去那間門市。

　　　昌熙和敏奎瞥了一眼辦公室裡的雅凜，雅凜獨自興奮地說話。

敏奎　　（光聽就覺得煩躁不已）直接跟她講開吧，不要把手伸進
　　　　別人的業務範圍。換了負責人之後就不再繼續聯繫往

來，這不是基本禮貌嗎？她幹嘛要在那邊搬弄是非，製造混亂。

昌熙　（只是摸著手機）

敏奎　鄭前輩是因為快要升職考核，所以在阻撓你嗎？

昌熙　……（好像就是這樣）

敏奎　喂，沒關係啦。跟店長們吵架再和好，這種事佔我們工作內容的七成，不會因為這樣就影響升遷，沒事啦。

昌熙　平常我確實會先去那些不想去的店，但昨天不是這樣。那間門市的店長說自己徹夜工作，早上才能下班，我想叫他早點回家休息，所以才第一個去……（心裡不舒服）

昌熙一直在看手機，辦公室的另一邊是大肆聊天的雅凜。
畫面跳轉，昌熙把手機貼在耳邊。訊號音響個不停，但對方沒接。昌熙心想是不是先掛掉好了，放下手機看了一眼螢幕，立刻重新接起電話。

昌熙　（哽咽）謝謝您接我的電話。（就這樣靜靜聆聽的樣子）我沒有那麼會演戲。面對自己不想踏入的門市還開心地聊天，我的演技真的沒有那麼好。老實說，後面崔女士的門市才是最難熬的。如果這件事被傳出去，我也不委屈，畢竟這是事實，一點都不冤枉。但是，被店長您誤會……我冤枉啊。

14   市區餐廳（白天）

專賣蓋飯類的小飯館。因為是午飯時間，店裡看起來非常忙碌。

昌熙的表情恢復活力，大概是事情解決了，他跟敏奎一起走進來坐下。

一坐下來，就拿起菜單看。（並排坐在窗邊）

敏奎　鄭前輩總有一天也要被罵一罵才行。明知道會引起紛爭，還在那邊搬弄是非。希望她踢到鐵板。關係破壞者。

店員　（走過來放下水杯）

昌熙　都好想吃喔⋯⋯（看著）我要點這個，特大碗。

敏奎　我也要。（對店員說）這個，兩個特大。

店員　（點餐完畢後離去）

昌熙　（倒水，準備好湯匙和筷子）鄭前輩就是話多，真的太多了。如果我死了，你一定要幫我把這段話發到國民請願留言板上。「有人因為聽多語症的人說話，壓力過大致死⋯⋯」怎麼會待在辦公室裡的日子比跑外勤的時候更累人啊？整個禮拜發生的事情，全部都要聽她講一遍，包括吃了什麼！她一定是多語症患者，不講話會瘋掉。她不知道我討厭聽她說話，只在乎自己。與其聽鄭前輩說話，我寧願接邊尚美打來的電話。我就是這麼討厭她。

敏奎　（笑）

昌熙　早起來上班的時候，同樣的東西我得聽三次。她先跟我

講一遍，金代理來再講一次，見到白主任又講一次！同樣的話要聽三次！（覺得荒唐無比，快瘋了）如果不記得她說過什麼話，她還會生氣。「我上次明明就講了，看來你對我一點興趣都沒有啊？」（非常不解）我怎麼可能對她有興趣？要是在小學的話，我還可以要求換座位。她整天在我旁邊嘰嘰喳喳……我真的快要瘋了，真想抱起桌子跳樓。我這次一定要升遷，要逃離鄭前輩的身邊，只有升遷這一條路。

食物上桌，他們分別說了句「謝謝」。
兩個人開始狼吞虎嚥起來。

敏奎　你這次一定要警告鄭前輩。

昌熙　不要。

敏奎　喂。

昌熙　（OL）我也知道，拿這次的事情跟她理論，她一定不敢吭聲。但我為什麼不要呢？我要是跟她打交道，就是物以類聚。物以類聚是一種法則，我要離開這個位子，才不要跟她物以類聚，所以我才不想理她。（努力吃了一口）我也想要跟親切又有格調的人一起工作，但是，為什麼現在不能呢？因為我還不夠格。

敏奎　（邊笑邊吃）

昌熙　為什麼呢？因為這是物以類聚的法則。雖然讓人難過，但我的水準就是這樣。如果我要成為有格調的人，就絕

對不能跟鄭前輩走在一起。為什麼？因為這不符合法則。所以我總是告訴自己……成為有格調的人吧……不要期待對方跟自己一樣……我要修身養性……（結論）我都要得道成仙了……（邊吃邊說）難道我也是多語症患者嗎？好像只有我一個人在說話啊？你要是覺得我話太多，一定要告訴我。

15　　美貞公司・辦公室（白天）

（似乎已經吃完午餐回來，手上拿著外帶咖啡）志希在自己的座位上，呼叫身邊的秀珍以及幾位同事。

志希　　喂喂，你們看這個。

秀珍和幾個人圍在一起看電腦，然後發出噗的一聲！
〔INS. 公司網站上的同好會介紹欄末端，出走同好會。〕

秀珍　　出走同好會？這是什麼啊……看看成員有誰。

志希點擊網頁，確認成員名單後，露出驚訝的表情。
〔INS. 成員只有朴向旻、趙泰勳、廉美貞三人，括號內為所在部門。〕

志希　天啊，感覺是隨便成立的耶。

16　美貞公司·茶水間（白天）

美貞在泡飲料，秀珍和志希站在旁邊。

秀珍　出走同好會是做什麼的？

美貞　（開朗）解放。

秀珍　所以啊，具體來說是在幹什麼？

美貞　解放。

秀珍　（不解）

美貞　（微笑）我也不太清楚。

秀／志　什麼嘛。

志希　真的不是為了逃避而隨便成立的嗎？這樣就不用一直被叫去幸福支援中心了，對吧？

美貞　我們是認真的。

志希　所以你們打算做什麼啊？同好會應該是要做些什麼活動的場合吧？你們聚在一起都在做什麼？

美貞　……我們不會聚在一起，是各自進行。

志希　各自做什麼？

美貞看著秀珍和志希，露出「要認真說明一下嗎？」的表情。
秀珍和志希也像是在等她說明，認真地看著美貞。

美貞	我要破繭而出。
志希	（呆）……從哪裡？
美貞	從這裡。
志希	（呆）……去哪裡？
美貞	……（覺得不適合用說的，於是用手指）往那邊。
志/秀	（認真聽完後，怒氣爆發）什麼嘛！

美貞笑著回到座位。

#美貞坐在位子上，看著電腦，表情非常明朗。

17　多戶住宅前（白天）

具先生把拆下來的舊洗水槽搬到貨車上，旁邊是一名老人發飆罵人的聲音。老人完全不聽濟浩的話，一個人單方面地發洩。

老人	這間房子一個月租金才三十萬韓元，為什麼要裝四十萬韓元的水槽啊？你以為收租金就可以躺著賺錢嗎？你以為房客搬走之後，貼壁紙、打掃這些事情不用花錢嗎？

畫面跳轉，具先生坐在駕駛座上，老人持續罵人的聲音聽起來很遙遠。

老人	聽說黑玫瑰美容院只給了三十，為什麼我是四十？

濟浩　　那間房子沒有裝上半部的櫃子，只裝下半部的櫃子啊。

老人　　（OL）我去過那一家，明明做得一樣啊！你在說什麼鬼話！

濟浩　　那間沒有上部櫃。

老人　　（OL）聽你在騙！看我是老人家好欺負是吧？算了，給我拆掉！全都拆掉！

老人進屋之後，濟浩步履蹣跚地爬上貨車。

18　　奔馳的貨車裡（白天）

具先生開車，濟浩坐在旁邊。
兩人都悶不吭聲，氣氛沉重。

19　　工廠前（白天）

具先生停好車後，濟浩下了車，但具先生沒有下車。

濟浩　　怎麼了？

具先生　我要去一個地方。

濟浩　　去哪裡？

20　家門口（白天）

#具先生面無表情地開著貨車。

#慧淑在家門口，看著漸漸遠去的貨車。

慧淑　（對走過來的濟浩說）具先生要去哪裡？

濟浩　（沒有理會，走到水管邊）

21　多戶住宅前（白天）

貨車再次停在鬧事老人的家門口。

具先生下車，走進那戶人家。

過了一會兒，傳來砰砰砰的敲門聲。

老人　誰啊？

又過了一會兒，門突然打開的聲音。

接下來，什麼聲音都聽不見。

靜謐的房子……停在門前的貨車……

22　村莊一隅（白天）

#下班回家的美貞神采奕奕，稍微回頭看了一眼，貨車自遠方駛來。雖然看似漠不關心地繼續走自己的路，但仍表現出激動與期待的一面。

#貨車上，具先生臉色僵硬，旁邊座位上擺著一袋裝了燒酒瓶的塑膠袋。哐嘟哐嘟，暴躁地開車的感覺。

#貨車接近美貞。美貞臉上是期待的表情，然而貨車卻逕自從美貞身邊經過。美貞心中有股不太好的預感。

23　工廠前（白天）

貨車停在工廠那邊，倒車的時候廢棄材料被撞得哐哐響，感覺粗心大意又粗魯。正把醬汁從醬缸裡舀出來的慧淑看著貨車，雙眼盛滿不安。具先生手提塑膠袋從貨車下來，往濟浩家的方向走去。畫面跳轉。

24　家‧庭院（白天）

#慧淑收到具先生遞出的錢（由一疊一萬韓元紙鈔對折成的四十萬韓元），既感謝又有些欲言又止……

慧淑　這個……是怎麼拿到的……太感謝了，這個……

具先生（馬上轉身離去）

慧淑　進來吃頓飯吧，都準備好了。

具先生（沒有理會）

慧淑　怎麼又這樣呀！進來吧！

#具先生和美貞之間的距離漸漸縮小，但具先生對美貞視若無睹，只在美貞身邊揚起一陣冷風後離去。美貞轉頭瞥了一眼具先生。又怎麼了？

25　家・廚房（晚上）

濟浩、琦貞與美貞在餐桌旁安靜吃飯。

慧淑在廚房裡走來走去，滿臉困惑。

慧淑　他到底是怎麼辦到的……那個難搞的老頭子怎麼會乖乖給錢……？

琦貞　固執的老人家面對年輕男人通常都不敢吭聲。

慧淑　不管怎麼樣……對長輩……（濟浩）你打電話去給老人家問候一下吧。

琦貞　他怎麼可能打人啦？好不容易拿到了，就不要再多此一舉，免得壞了人家面子。

慧淑　可是那個老頭之後還是會再來找我們做啊。

琦貞　因為便宜啊。誰讓他不管怎麼要賴，你們都不會拒絕。
　　　他叫你們做什麼，你們就做什麼！

慧淑　（觀察濟浩的表情，向琦貞投以憤怒的目光，想堵住琦貞
　　　的嘴）

濟浩　……（安靜吃飯）

美貞　……（同樣安靜吃飯）

26　村莊一隅（晚上）

　　　美貞捧著盛滿食物的盤子走向具先生家。

27　具先生家（晚上）

　　　美貞將托盤放到一邊，具先生想要迴避似地站起身，走到廚房
　　　裡到處翻找，拿出空碗，看向桌子，兩瓶燒酒已經空了。

美貞　聽說你好像喜歡地瓜莖……請慢用。

具先生（背對美貞站著，沉默不說話）

美貞　……為什麼要這樣反覆無常啊？

具先生……

美貞　一下子對人親切，一下子又這麼冷淡……

具先生……（完全不看她）大叔跟你簡直一模一樣，明明應該要

211

收的錢，卻搞得像自己做錯事一樣畏縮。

美貞　……

具先生　（看向美貞）要幫你要回來嗎？

美貞　……

具先生　（看起來對方沒有那個意思，於是收回視線）你對他態度
　　　　再好，他也不會還錢的。

美貞　……不是所有人都能不計後果跟曾經有過交情的人算
　　　　帳，比起拿不到錢，讓自己面目全非、陷入難堪的境
　　　　地，這種感覺更難受。

具先生　……（能夠理解是什麼意思，但無法接受）

　　　　具先生拿出一個空碗，放在美貞附近，然後回到原本的位子，
　　　　途中被滾動的酒瓶絆了一腳，猛地坐上座位。

具先生　（輕笑）抱歉，我只是區區一個酒鬼。大家想怎麼過，是
　　　　自己的自由。

美貞　……

具先生　我沒有要改善的想法，你也沒有要改善的意志。

美貞　！

28　　村莊一隅（晚上）

　　　　美貞從具先生家走出來，冷著一張臉走在回家的路上。途中，

一個鍋子掉到地上，發出吵雜的聲音，鍋子在地上滾動。美貞將鍋子撿起來時，具先生從家裡出來，往車站便利商店的方向走去。兩人背道而馳。美貞拿著鍋子，冷冷的臉龐回頭看了眼具先生，然後再次走上回家的路。

具先生沉默地走著，一旁是火車行駛的聲音。然後，聽到女人短促的一聲：「下車！」

〔INS. 打瞌睡的具先生突然睜開眼睛。在地面上行駛的列車中。外面正下著鵝毛大雪。短暫地呈現出具先生從停下的列車上突然衝下車的樣子。〕

〔INS. 似乎不願想起曾經對昌熙說過的「下錯車了」。〕

具先生的步伐越來越快。

29   美貞公司・辦公室（第二天，白天）

美貞面無表情地對著螢幕不停按著滑鼠。秀珍和志希在美貞旁邊的位子低聲說話，好像是在討論並用手機找泳衣的資訊。

秀珍　度假就要穿這種衣服呀。

志希　碰到水的話，衣服顏色會變深，拍照時就看不到衣服的顏色了。泳衣被水浸濕之後還能維持原本的顏色，不是白色就是黑色。

秀珍　我不適合這兩種顏色。這個比較好吧。

志希　（鬱悶）這件就是顏色好看吧……哎唷……（立刻）美貞，你的比基尼是什麼顏色？

美貞　？（因突如其來的提問而打起精神）……我沒有比基尼。

志希　那連身泳衣呢？

美貞　嗯。

志希　怎麼了，想要解放自己的女人。（總而言之）什麼顏色？

美貞　藍色。

志希　天啊……

志希和秀珍的視線再次回到手機上，兩人低聲說話。「就買白色吧。別擔心，不會透的。」美貞心裡不開心，看著螢幕。

30　琦貞公司附近（白天）

#似乎剛吃完午飯要回公司，琦貞和同事們一起走著，卻突然走進一條岔路。

琦貞　你們先回去吧。

素英　你要去哪裡？

琦貞　我有點事。（有氣無力，步履蹣跚）

#琦貞走進地方辦事處，東張西望一陣子，然後走到有血壓計的地方。琦貞坐在血壓計前，將手臂伸進機器裡，疲憊地深吸

一口氣，安靜等待。

31　琦貞公司・辦公室（白天）

桌子四周堆滿黃色信封，桌子上也堆積成山。琦貞站著把最終
確認過的問卷裝進信封，打開已經塞滿的文件櫃，繼續往裡面
放信封，但也只是隨便亂塞。信封掉到地上，素英幫忙撿起
來。

素英　慢慢來。

琦貞一屁股坐回座位，把披肩的散髮綁成一束。呼……

琦貞　太累了，身體不受控制。不能慢慢來。怎麼會這麼累
　　　啊？（看著桌子上測量血壓的數值文件）明明血壓正常，
　　　我該去抽血檢查嗎？到底哪裡出了問題？快喘不上氣
　　　了，真的好累。（深呼吸）

李組長　（經過的時候停下來）是不是內衣太緊了啊？

琦貞　……！

李隊長　依我看，好像是你的衣服太緊了。

琦貞　……

李組長　變胖的話衣服也要重新買，不過有很多女性都會執意穿
　　　原本的尺寸。你也都穿相同尺寸的衣服吧？

琦貞　……我只是不怎麼買衣服。

215

李組長 你體重增加了多少啊？

琦貞 ……不知道，沒量。

李組長 哎呀，怎麼會不量體重呢？不是每天早上都要量的嗎？
（看向同事們）

金理事 （路過）我也都不量體重的。幹嘛一大早站上體重計讓自己心情不好？只要自己有信心，今天的自己是最漂亮、最苗條的……就好了吧！

李組長走遠之後，琦貞才瞪著她說：「瘋女人！」

32　　琦貞公司・電話部門前（白天）

部門內，可以看到正在進行電話調查的調查員們，琦貞和振宇在部門外看著電腦畫面開會。琦貞踩著高跟鞋的雙腳看起來很疲憊（披著頭髮）。

振宇 觀光產業現況調查在週末繼續進行，請再督促一下調查員們。

琦貞 是，知道了。（整理資料）

振宇 還有啊，（觀察四周情形之後，從錢包裡拿出彩券，小聲說）我本來每個禮拜只會下注十張，這個禮拜的十張都送給廉組長。

琦貞 天啊，這麼多。我終於收到理事的彩券了，（苦澀）勞您

費心了，努力對抗下意識。

振宇　　哈哈哈。

琦貞　　我拿五張就好了。

振宇　　唉唷，這是我的一點小心意，你就全部拿去吧。

琦貞　　我運氣不太好，五張就好，十張都浪費掉太可惜了。

振宇　　十張都拿去吧！這樣我才算是真正向你道歉了。

琦貞　　有什麼好道歉的，畢竟是下意識的行為……

振宇　　呵呵。

琦貞　　嗯，就這樣吧，（整理彩券）謝謝。真想中頭獎，體驗一下暈倒的感覺。都已經這麼累了，但就是不會暈倒，也不會流鼻血。喔，我好像一個想睡覺的人在說話一樣，神智都不清楚了。不好意思，我真的太累了，不知道為什麼會這樣，看來是要進入生理期了，哎呀，我在說什麼啊，不好意思，我真是精神失常了。

振宇　　深吸一口氣，慢慢地……（讓對方照做）

琦貞　　（深吸一口氣，慢慢呼氣）

振宇　　再來一次……慢慢地……

琦貞　　（再做一次）

振宇　　疲累時深呼吸……也是一種休息，會好受一些。

琦貞　　（深呼吸之後，安靜地……）

振宇　　有舒服一點了吧？

琦貞　　……（冷靜）好想痛快剃個光頭。

振宇　　　？

琦貞　　我從來都沒有嘗過髮型福利，還放不下女性化的特徵，

217

每天早上都要特地爬起來洗頭，吹頭髮的時候手臂痠得要死⋯⋯感覺自己被這毫無意義的髮型折磨了一輩子。只要剃得乾乾淨淨，就不會有多餘的期待了，應該會變得輕鬆無比。（看向振宇）如果我剃光頭的話，會被開除嗎？

振宇　你不是說冬天來臨的時候，要找一個人談戀愛嗎？想跟光頭女人交往的男人⋯⋯

琦貞　⋯⋯也不是立刻要這樣，我是指冬天的時候，我一定會在這兩件事之中選一個來做。我已經累到連頭髮的存在都覺得煩，看什麼都不順眼。我甚至想在晚上把手臂、腿、脖子都卸下，塗上保養油，早上再重新裝上去。

振宇　所以我才，不停地，談戀愛。

琦貞　？

振宇　只要有相愛的對象，就不會感覺疲憊。

琦貞　⋯⋯（空虛的表情）

振宇　好害羞啊，真不好意思。

33　行駛中的地鐵（晚上）

琦貞靠在門邊，看著車窗外的景象。雖然鞋子的跟只有五、六公分高，但是雙腳盡顯疲倦。窗外出現「今天將有好事降臨在你身上」的句子，但她完全看不進這段文字，窗戶上倒映出她的模樣，靜靜地⋯⋯

琦貞　（E）好想變漂亮……

　　　　搖搖晃晃向前駛去的電車……角落裡的琦貞……

34　市區一隅（晚上）

　　　人頭攢動的街道上。

　　　美貞似乎正在等誰，一下子看這邊，一下子看那邊……

　　　然後，在看向某處時露出笑容，賢雅正走過來。

　　　美貞往那邊走。

　　　畫面跳轉，

　　　並排走路的兩人。

　　　兩人走路，美貞與賢雅對視，微笑。

賢雅　你在笑什麼？

美貞　我發現一件奇怪的事。我在自言自語的時候，竟然都用
　　　敬語。

賢雅　？

美貞　賢雅姐姐怎麼這麼慢呢？今天也好熱喔。風什麼時候才
　　　能涼快一點呢……

賢雅　有對象了吧。

美貞　？（看向賢雅）

賢雅　（看向美貞）你有對象了。

美貞　（微笑）沒有啊。

賢雅	明明就有。你想吃什麼？
美貞	都可以。
賢雅	你什麼時候放假？
美貞	還沒確定。
賢雅	為什麼？
美貞	反正也沒有想去的地方，累積多一點再一次用掉。
賢雅	好啊，跟我一起玩個夠吧。
美貞	（走路途中）那你的兼職呢？
賢雅	沒了。
美貞	怎麼了？
賢雅	被炒魷魚了。
美貞	！
賢雅	因為我跟客人大吵一架。那個人一坐下就開始罵人（王八蛋）。

35　　市區一隅（晚上）

美貞和賢雅站在路邊攤前，大口吃著熱狗，抬頭望著高樓大廈。對話之間沒有摻雜一點感情，好像只是單純在談論事實的口吻。

美貞	住在那麼高的大樓，那些人的心智肯定很堅強吧？（一腳向前抬起的樣子）踏出一步往下跳就能結束一切，但他

們沒有那麼做。（大口大口地吃）

賢雅　（邊吃邊看）

美貞　不是指心裡痛苦的時候，而是一時的賭氣。賭氣時往下
　　　一跳就一了百了了。

賢雅　所以我才住在半地下室啊。

美貞　半地下室比較安全。

賢雅在熱狗上灑了一點醬汁，美貞伸出熱狗，似乎是想讓賢雅
幫她淋醬汁。兩人就這樣繼續大口吃熱狗。

36　　**賢雅的半地下室・套房（晚上）**

房間被行李塞滿，美貞和賢雅蹲在床邊狹小的空間裡喝啤酒。
賢雅已經醉了，似乎感覺很冷，肩膀上披了外套。

賢雅　就算再不喜歡，也要回家看看。離開家裡之後，所有的
　　　自由自在都是暫時的，變得落魄只是一瞬間的事。哎
　　　呀，冷得腦袋快裂開了。

美貞　關掉啊。

賢雅　（起身）我找不到遙控器……（努力按著天花板上的冷氣
　　　按鈕）就只能一直開開關關，因為溫度設在十八度。

美貞　（翻看周圍，尋找遙控器）來一次大掃除吧。整理完以
　　　後，東西就會出現了。

221

賢雅　（站在洗水槽前，用眼睛尋找著什麼，但還是放棄了，隨便拿了一個盤子回來坐下）真是，好東西都放在那小子家裡了，我家只剩下一些爛東西，漂亮衣服也都在他那邊。

美貞　（在盤子上撕魷魚乾）去拿回來吧。

賢雅　……我還沒想好要怎麼結束這段關係。

美貞　……

賢雅　……（安靜）

美貞　……（觀察表情）

賢雅　已經分分合合數十次了，為什麼每次分手還都這麼難過？而且一次比一次悽慘。

美貞　……（努力做出不以為然的樣子）不然就繼續交往吧？

賢雅　不要！我跟那小子的愛情結束了，已經沒什麼可說的了。（猛喝一口酒）我到死都會繼續渴望愛情，只要給我愛，我也會給你愛！多給我一點，我也會再多給一點。我根本不需要什麼禮物、不需要什麼驚喜，只要給我愛就夠了！我好飢渴，給我嘛，我要。（吸一口氣）全世界的愛都無法滿足我……（瞬間直視著美貞）你不要像我這麼渴望愛情。

美貞　！（輕笑……避開視線）

賢雅　你有男人了吧？

美貞　！（臉上是怎麼可能的表情，唉呀……）

賢雅　勇敢去愛吧。像戰士一樣付出一切。讓你的愛意爆發出來吧！！

美貞 （笑）

賢雅 絕對，不要像我一樣渴望愛情。

美貞 ……（用微笑逃避話題，繼續喝酒）

37　村莊一隅（晚上）

塑膠袋的聲音。袋子裡是玻璃瓶碰撞的聲音。拖鞋踏地的聲音。具先生提著裝了燒酒的塑膠袋，走在黑暗的鄉間道路上。旁邊經過一輛社區公車。社區公車在遠處停下，美貞下車後便駛離。朝具先生迎面走來的美貞。氣氛相當尷尬。具先生似乎不願跟美貞碰頭，立刻轉身離去，往自己家的方向走去。美貞尾隨其後。具先生回到自己家，美貞視若無睹，逕自往自己家走。

38　稍有規模的便利商店（第二天，白天）

昌熙、金代理以及白主任等在擦玻璃，重新陳列商品，忙得不可開交，整理過商品的江組長結束通話後——

江組長 聽說人出發了，大家趕快整理吧。（加快動作）

全體 好！

店長 （心滿意足地看著）老闆，希望您每天都來～這樣我們店

223

會一直很乾淨～

昌熙忙得不可開交之際，手機來電開始震動，他看了一眼，是
「邊尚美店長」。他將手機轉成靜音，繼續抓緊時間工作。

39　家‧外景（晚上）

40　家‧廚房和客廳＋昌熙的房間（晚上）

#（客廳，已經準備好飯菜）濟浩、慧淑、琦貞與美貞四人一
語不發，安靜地吃飯，氣氛很沉重。其中一個放了飯碗和湯碗
的位子沒有人坐，只能隱約聽見昌熙的聲音說：「嗯⋯⋯當然
了⋯⋯我知道⋯⋯」
#昌熙在房間講電話，身上衣服甚至還沒換下，電話另外一邊
傳來中年女性訴苦的聲音。
#能感覺到濟浩吃飯時在忍耐著怒氣。

琦貞　⋯⋯（無論如何，還是偏袒著昌熙）不要管他啦，畢竟是
他的工作。

#房間裡的昌熙。

昌熙　　好，請慢走。請加油。是。

　　　　掛斷電話之後看向手機畫面，通話者是「邊尚美店長」。

昌熙　　（看到通話時間，天啊）一小時十三分鐘。

　　　　累了。他擦拭螢幕上的汗水，將手機扔到一邊，嘆了一口氣後
　　　　把充電線插進手機，走出房間。

　　　　#慧淑的眼神安靜地跟隨走出房間的昌熙，昌熙看著濟浩的表
　　　　情，坐到位子上認真吃飯。

慧淑　　（希望事情就這樣過去，對著濟浩說）再來一碗嗎？
濟浩　　（默默吃飯）
慧淑　　（呃）

　　　　沉默無比，安靜吃飯的氣氛……
　　　　本以為可以安然度過……

濟浩　　你要活到幾歲？

　　　　昌熙心想這是什麼莫名其妙的問題，慧淑卻朝他擠眉弄眼，示
　　　　意他別多嘴，趕快吃飯。昌熙安靜乖巧地繼續吃飯。

濟浩　我問你要活到幾歲？

昌熙　（莫名其妙，委屈）我怎麼會知道我要活到幾歲啊……？（繼續吃飯）

慧淑　（心想又要開始吵架了，有種喉嚨被堵住的感覺）

濟浩　你們這個世代可以活到一百歲，所以你以後還要再活六、七十年，你打算怎麼過？

昌熙　……（眼睛轉來轉去，思考該怎麼說）好好過。（吃飯）

濟浩　！

昌熙　（快哭了）不是啊，不然還能怎麼辦？我要怎麼計畫六、七十年的事情啊？政府不也是五年才計畫一次嘛！（吃飯）

濟浩　這麼長的人生，你難道一點計畫也沒有嗎？

昌熙　不是，這麼長的人生要怎麼制定計畫啊……老實說，六、七十年，不管做什麼都得活下去，以後也不知道會發生什麼事，要怎麼制訂計畫啊？我最討厭去問小孩子的夢想是什麼，哪有什麼夢想啊？當然是看考大學的分數怎樣才能決定怎麼生活啊！考個三百二十分是能去醫學院還是做什麼嗎？（吃飯）

濟浩　那是因為你沒有任何計畫，才會這樣過活啊！還要聽其他女人在那邊囉囉嗦嗦！

昌熙　（心裡難過，但還是繼續吃飯）

琦／美（突然從飯桌邊站起來／依然坐在原位，但心裡也不舒服）

濟浩　（看著昌熙）為什麼要唯唯諾諾聽女人囉哩叭唆？那就是

你的工作嗎？

昌熙　（OL）辦公室裡還有更誇張的女人。（指著房裡的手機）那位已經算不錯了。

濟浩　！

昌熙　（OL，趕緊把臉埋進碗裡吃飯）

大家都在平復呼吸……一片安靜……

慧淑　快吃飯吧……（吃飯）

濟浩再次拿起筷子，但不知是否沒了胃口，冷不防地放下筷子。

濟浩　身為男人，一點人生計畫都沒有，連那種電話都不敢掛。

昌熙　（賭氣）爸，難道你的人生有按照計畫進行嗎？

濟浩　！

昌熙　一個讓人操心的女兒，一個不聽話的兒子，生了三個孩子，除了種田之外還要跑工廠，一個人做兩份工作，結果一輛車都買不起，夏天只能在沒有冷氣的工廠裡待著！難道這就是您計畫中的生活嗎？

濟浩　！

昌熙　您倒是說說看啊！

227

41　斗煥咖啡廳前（晚上）

昌熙雙眼濕潤，靠在牆邊坐著，斗煥在一邊玩手機。
昌熙心情不好。

昌熙　可惡⋯⋯肚子好餓⋯⋯早知道吃飽再出來⋯⋯
斗煥　那就回家吃飯啦。
昌熙　⋯⋯你跟我一起回去吧。
斗煥　我吃過了。
昌熙　⋯⋯不能再多吃一點嗎？
斗煥　你每次只要惹事就想叫我陪你一起回家⋯⋯快回去吧，
　　　小子。

心灰意冷的昌熙，只聽見四周都是蟋蟀的鳴叫。

42　家・臥室＋客廳和廚房（晚上）

濟浩無精打采地坐在電視前面，電視在播放購物頻道。
男性配音員高昂的配音機械式地（低聲）傳來。濟浩似乎由於
精神渙散，甚至沒有轉換頻道的念頭。昌熙進門的聲音、打開
鍋子的聲音、打開冰箱的聲音⋯⋯
昌熙背對房間，坐在飯桌邊吃飯，雙眼卻不停偷看屋裡，感覺
自己傷了爸爸的心，過意不去。他走進房間，把電視頻道換成

體育台後才走出來，吃著吃著，又回頭看向房間。

43　蒙太奇（白天）

寂靜的社區下起傾盆大雨……

工廠旁邊的流理台招牌也在淋雨……

公司所在的江南市區也大雨如注……

44　美貞公司‧辦公室（白天）

伴隨著轟隆轟隆的聲響，外頭下著傾盆大雨。

每次打雷的時候，被嚇壞的女員工們都會紛紛看向窗外，

美貞平靜地望著窗外。有訊息進來。

向旻　（E）雨下得好大。

45　美貞公司‧辦公室（白天）＋向旻、泰勳那邊的辦公室（白天）

美貞確認震動的手機。

向旻　（E）今天還有辦法聚會嗎？

美貞沒有輕率地回覆，只是靜靜看著訊息。
泰勳短暫思考了一下，然後才發送訊息，
美貞看著訊息。

泰勳　（E）畢竟是第一次聚會，還是見個面吧……第一次聚會
　　　就取消的話，不太好吧……

向旻　（E）（立刻）是吧？廉美貞小姐，你可以嗎？

美貞　（E）好，我可以。

向旻　（E，困難地說）但是……畢竟名義上叫作出走同好
　　　會，所以我覺得聚會還是輕鬆一點比較好。這個聚會一定要
　　　面對面坐著嗎？

美貞不明白這是什麼意思。畫面跳轉。

46　　都市裡的咖啡廳（晚上）

三個人並排坐在窗邊，氣氛有些尷尬。

向旻　跟別人面對面坐著，總會莫名讓我感到不自在。跟別人
　　　面對面相處，總有一種壓迫感，還有必須不停說話來填
　　　補空白這一點也是。

美／泰　（明白那是什麼感覺）

向旻　就這樣坐著會讓你們覺得不舒服嗎？

泰勳　不會。這樣真的很舒服，我很喜歡。

　　　　三個人都安靜不語……

向旻　沒有其他辦法了，想要解放自己，就只能辭職跟離婚。

美／泰　（輕笑出聲）

泰勳　我（已經）完成其中一件了，不過這也不算是解放。

向旻　（好像能夠理解，忽然感到有些抱歉）……是嗎？

　　　　三個人一時無話……

向旻　不管在哪裡，都會有讓人心煩的對象，那些人絕對不會
　　　改變，那我就只能改變自己……（壓抑悲憤）但是我不想
　　　放下這份怒氣，我的憤怒合情合理。

泰勳　非常合理。

向旻　我的憤怒明明合情合理，卻每次都必須忍下來，真是令
　　　人痛苦。有些人工作能力極差，卻聽不得別人指教。不
　　　管我說什麼，都被嫌太古板。忍一忍吧。（實在過於憤
　　　怒，血壓上升，必須深呼吸來平復心情）

泰勳　但還是忍下來了。

向旻　不過我藏不住。

231

琦貞坐在皮膚科的諮商室裡，聽女人像機關槍一樣噠噠噠地說話（「在唾液腺打肉毒桿菌，就能夠柔和臉部輪廓，電波拉皮四百發可以讓皮膚從內而外變得緊緻。此外，眼袋凹陷的部分可以施打鮭魚水光針，刺激膠原蛋白增生，這樣不用動刀就能年輕十五歲。」）。女人指著電腦畫面，琦貞偷偷瞥了一眼女人。這個說話的女人，就是那個女人！

〔INS. 第一集，「你們在酒館裡講話都這麼小聲嗎？我第一次遇到欸！在酒館裡講話這麼小聲的人。」可以稍微看到旁邊的泰動。〕

這個女人似乎完全不記得當時的狀況，熱情地介紹療程。

景善　請看這裡。

電腦螢幕上出現一組景善的術前照片，沒有化妝，面無表情。琦貞稍微驚訝了一下。

景善　很恐怖吧？在這個狀態下，只要做剛才說的三種療程。

畫面中出現一組術後照片，景善的臉部狀態看起來很不錯。

景善　雖然五官都沒變，但是這一組照片看起來更有活力、更年輕，對吧？我們小時候要畫老人時，都會在（兩根手指在嘴邊畫線）這裡（在眼睛下面畫線）跟這裡畫線

嘛，我們在做的就是把這些線條消除，請看（畫面）。

琦貞　（聽介紹的過程中，偷偷看了一眼女人的名牌：「曹景善」）

景善　您的唇周沒什麼問題，只要把眼袋消除，就會看起來年輕很多。（小聲）不久前，才有藝人⋯⋯（接近靜音）在我們這裡做過。

琦貞　⋯⋯（似乎很苦惱，陷入思考）那個⋯⋯

景善　（覺得自己說服成功，露出期待而親切的笑容）是的。

琦貞　請問⋯⋯你是山浦女高⋯⋯畢業的嗎？

景善　（表情變得僵硬）是⋯⋯請問你是⋯⋯（趕緊看向諮詢紀錄上的顧客姓名，安靜了一下，然後發出驚呼！）廉琦貞！天啊，你是廉琦貞嗎？天啊！（看著諮詢紀錄上的姓名）我認識廉琦貞。（看向琦貞）哎唷，看看你是誰啊，天啊。

琦貞　（呵呵呵）我前陣子好像見過你。

景善　在哪裡？

琦貞　江南站附近的烤肉店。

景善　？

琦貞　那天好像是你姪女生日。

景善　（啊哈！）原來是那天啊。既然你看到我了，就來跟我打招呼啊。（和顏悅色）可是你怎麼認出我的？

琦貞　⋯⋯（呵呵呵）

48   熙善的店（晚上）

琦貞眼睛下方一片青青紫紫的瘀青，讓她像罪犯一樣低著頭。

景善　　我真的算你很便宜，我們自己都沒有這個價格。

熙善（大姐）端出下酒菜，一起坐下，臉上其中一隻眼睛下方跟琦貞一樣發青。

琦貞把視線投向熙善的眼睛。

熙善　　我還是第一次看你帶山浦的同學來耶？

景善　　我也是第一次遇見山浦畢業的同學。（對著琦貞說）我們平時不怎麼聊在山浦的生活，那是我們三姊弟的黑歷史。那時候，爸媽去世後，我們就寄居在姑姑家。

琦貞　　！

景善　　（因為提到了三姊弟）你應該知道我有個弟弟吧？

琦貞　　嗯。

景善　　（再次露出和顏悅色的表情）你記得好多關於我的事情喔，連我有弟弟都記得呢。

琦貞　　呵呵呵。（因為大家在烤肉店見過……）

慶善　　（炫耀）她說宥林生日那天，在烤肉店看到我就認出來了，那時應該跟我相認的。

熙善　　你住在山浦的哪一區啊？

琦貞　　我不住在新市區，是在堂尾站附近。

熙善　（啊！）有水庫的那邊啊？

琦貞　對。

熙善　原來你住在那裡啊。那附近不是有間很有名的店在賣麵疙瘩？

琦貞　對，沒錯。

熙善　我以前偶爾會跟姑姑一家去那裡，現在還在嗎？

琦貞　還在。

熙善　好想找個時間再去一次，有時候會很懷念那家麵疙瘩。

景善　說是出去吃餐廳，結果只是給正在發育的孩子吃麵疙瘩。

熙善　要不是有姑姑幫忙，你以為我們現在能有這樣的生活嗎？如果沒有姑姑，我們怎麼知道遺產稅？我們怎麼知道要怎麼繳那麼多稅？（對著琦貞，指著上面）我們把以前住的三樓出租，用這筆錢去付遺產稅，然後和姑姑一起生活。（對著景善說）那時有多少親戚想要分這棟建築！姑姑已經很保護我們了。

景善　然後給我們吃那麼一點小菜？

熙善　他們家自己也是這樣吃的啊。

景善　他們都去外面吃好嗎！

熙善　（不想說話了）

景善　等我自己有了侄女才知道。這麼惹人愛的孩子，姑姑為什麼要這樣對我們？

熙善　我們那時候都長大了，跟小孩子會一樣嗎？難道你覺得宥林上國中、高中之後，還會這麼討人喜歡嗎？

景善　嗯！她在我眼裡永遠都很可愛。

235

熙善　（不想說話，對著琦貞說）你的體質好像跟我差不多，瘀青應該會持續一段時間。

景善　不喝酒的話，很快就消了。

琦貞　（才送到嘴邊的酒杯變得尷尬不已）

這時，響起開門的聲音。

景／熙　來啦？／（起身迎接，態度和善）來了？

看向那邊，泰勳牽著宥林進門，他讓宥林先進來，自己在後面甩了甩雨傘。琦貞十分拘謹，這下該怎麼辦？熙善一邊拍了拍宥林身上的雨水，一邊溫柔地說：「吃飯了嗎？餓不餓？」

景善　來打招呼。這是我山浦的同學。山浦女高。聽說不久前見過面了？在烤肉店，宥林生日那天。

聽到這段話，宥林看向琦貞。琦貞是該死的罪人，偏偏此時此刻還是這副難看的模樣。泰勳先向琦貞點頭致意，琦貞也尷尬地打了招呼，宥林沒打招呼，噠噠噠地跑掉了。

景善　（並不在意）體諒一下，孩子在青春期。

琦貞　……

這時來了四、五位客人，三姊弟紛紛喊出「歡迎光臨」，熙善

趕緊回到廚房，景善拿著菜單朝客人那桌走去。泰勳把空酒瓶的箱子抬進來，三姊弟有條不紊地打理店家，留下琦貞尷尬地坐在原位，她偷偷瞥了泰勳好幾眼，一口一口喝著啤酒。

49　　家‧外景（晚上）

又開始下大雨，山脊上甚至能看見忽隱忽現的閃電。

50　　姊妹房間（晚上）

琦貞將冰敷袋貼在青紫的眼下，一邊咒罵，
美貞正在整理MacBook和資料，準備拿到客廳。

琦貞　我很抱歉，真的對不起，那個男人不可能會再婚了。曹景善，她，（雖然講這種話不太好）以前品性很差。他們三姊弟關係密切，其中還有一個不良少女，一切都免談了。有哪個女人會想跟這種家庭來往？他們離婚的理由用膝蓋想也知道，太明顯了。（走到自己的床邊）要選擇結婚對象，還是像我們這種，就算在光化門大道上遇見，也會假裝不認識的兄弟姊妹比較好，她們那種父母早逝、相依為命的三姊弟？還是算了吧。

美貞　（拿著東西起身）

琦貞　關燈。

美貞　（關燈後走出去）

琦貞　你好好看著那個男人，看他會不會躲起來……（自言自
　　　語）我應該要分到一點獎金吧。

51　　熙善的店（晚上）－回憶

　　　琦貞把信用卡遞給站在收銀台的泰勳，泰勳極力推辭。

琦貞　（極力勸說）已經說好這頓由我請客了。

景善　（拿著收拾好的碗盤走進廚房）你就幫她結帳吧，沒關
　　　係，眼下那個療程已經給她便宜了。

琦貞　（所以）拿去吧。

泰勳　（接過信用卡）那我只收你酒錢。

琦貞　都算進去吧。

泰勳　我只收你酒錢，歡迎下次再來。

琦貞　……！（為什麼這句話聽起來這麼溫柔）

　　　泰勳刷卡的時候，琦貞瞧了一眼錢包，深感苦惱……
　　　偷偷看向周圍，景善也不在……

泰勳　（遞回信用卡）你的信用卡，謝謝。

琦貞　那個……（拿出十張彩券）這是給你的禮物。那天……

我真的很抱歉。

泰勳　哎唷，不用啦，沒關係。

琦貞　（放在收銀台旁邊）請收下吧。我也是從別人那裡收到
的，不過我的運氣不太好。（微笑）中獎的話，你就躲起
來吧，不然我真的會纏著你分錢。（琦貞風格式撒嬌）

52　姊妹房間（晚上）

靜靜躺著的琦貞背影，好像陷入了沉思。
〔INS. 客人一進門，泰勳就脫掉西裝外套，手腳俐落地上工。〕

振宇　（E）廉組長，你最重視的是那個男人對生活的態度，注
重的是核心。

側身躺著的琦貞背影靜悄悄的，然後突然動了一下。

琦貞　瘋婆子，他可是曹景善的弟弟，一個單親爸爸。

琦貞就這樣輕拍自己，靜靜躺臥的背影。
再一次〔INS. 泰勳：歡迎下次再來。〕
本來靜止不動，突然彈坐起來，暴躁地說：

琦貞　瘋、婆、子，酒館老闆當然會叫你下次再去，不然還能

說什麼？（就這樣把自己折磨了一下，又躺回去）

53　家‧客廳和廚房（晚上）

美貞趁沒人注意，從裝飾櫃裡拿出泡酒，然後看了眼房間，擺出靜止的姿勢。瘋了……

她把酒倒進馬克杯，大約一半的份量，再將泡酒放回去。

在黑暗的客廳裡無聲地動作。

坐到餐桌旁，喝一口泡酒……安靜地看著外面。

她在看具先生的家，看不清楚具先生。隱約不明。雖然在下雨……一股不確定的心情，她把眼前打開的MacBook稍微移到一旁，再看過去……

視線變得清楚一些了。

具先生坐在自己家門前（遮陽棚下）。

具先生看著雨景，靜靜坐著。

彷彿完全靜止一般，一點動靜都沒有。

遠處的山上出現一縷光亮，又消失不見……就像閃電。

遠方傳來陣陣雷聲。

這時，突然傳來巨大的打雷聲，閃電一閃一閃。

美貞看著具先生，他依然一動不動，姿勢和表情沒有變化。

美貞靜靜看著這樣的具先生。

向旻　（E）廉美貞小姐，為什麼想要成立出走同好會？

〔INS. 辦公室。打雷閃電的白天。

因打雷閃電的巨大動靜而受驚的女同事們。

與眾人相反,美貞平靜地看著窗外的閃光。〕

美貞　（E）大家都害怕打雷閃電……我,反而會變得平靜。世界終於要迎接末日了,正合我意。

此刻,具先生似乎跟自己擁有相同想法,美貞用這樣的表情看著閃電。看著這樣的具先生。

美貞　（E）感覺自己好像被囚禁了,但不知道該怎麼掙脫,所以乾脆祈禱所有人一起同歸於盡。雖然不至於不幸,但也不快樂,就這樣結束也無所謂。

〔INS. 在市區等待賢雅的期間,美貞淡然地看著那些擦身而過、笑鬧著的情侶們。〕

美貞　（E）反正終點都是墳墓,有什麼好高興的?

再次回到現在。嘈雜的雷聲中,具先生的表情依舊平靜。

美貞　（E）有時候我覺得,比起擁有無憂無慮美好生活的人們,那些前科累累、形象惡劣的人不是活得更正直純粹嗎?

241

這時，具先生對面的電線杆上落下一道白色光束。

嘎啦啦——砰！

電線杆上迸出白光。啊！美貞嚇了一跳。

家裡所有電子產品都發出滴哩哩的聲響，然後暫時斷了電。

窗外原本有一點一點的路燈也都消失了，世界陷入一片黑暗。

美貞瞬間往外狂奔。

54　村莊一隅（晚上）

美貞在大雨中上氣不接下氣地疾走。

就這樣奔跑的途中，突然看見具先生坐在眼前。

因為看不到前方的路，不知不覺就來到這裡。

具先生一副「你在看什麼？」的表情。

電線杆上斷裂的電線迸出火花，不斷搖動，火花墜落……

美貞　（指著家）回去！

具先生　！

美貞　趕快進去！

具先生依舊呆滯地坐著，美貞粗魯地拽住具先生肩膀的衣服。

美貞　我叫你進去！！

55　具先生家（晚上）

美貞把具先生拉進來，一下子推到客廳裡。

黑暗中，兩個靜止的人影。

閃爍的電光中，彼此的表情忽隱忽現。

美貞就像在看一隻不聽話的狗一樣，生氣地看著具先生。

具先生酒醉之餘，似乎仍然對於這樣的美貞感到莫名其妙。

美貞看著具先生，忽然就這樣走出去，把門用力關上！

具先生不明所以。

56　村莊一隅（晚上）

美貞步履蹣跚地往家的方向走。

可以看到家裡有光在閃。

美貞　（E）雖然不知道自己被關在哪裡，但是我想要破繭而出。希望自己得到真正的幸福，真的覺得開心，這樣我才能試著說出「啊，原來這就是人生……這就是活著……」。

屋裡，好像有人用燈照亮了美貞回來的路，離家越來越近，美貞的臉也被光線照亮。

57　村莊外景（白天）

豔陽高照，蟬鳴陣陣，讓人不禁懷疑什麼時候下過雨。

58　工廠前（白天）

慧淑站在工廠門口，看著具先生的家。然後，環顧了一圈工廠內部。

慧淑　你去看看吧！

濟浩　……（默默工作）別管了，讓他休息。

慧淑　你去看看吧！萬一他又受傷，所以才動不了呢？

濟浩　（沒理會）

慧淑　說話啊？

濟浩　（結果還是放下手邊工作）

59　具先生家（白天）

桌子上放著空的燒酒瓶，具先生坐在沙發上，頭低垂不動，愧疚以及宿醉讓他低著頭，靜靜待著……一瞬間，覺得有些奇怪。一隻腳的腳背呈現紅豆粥般的顏色。他嘗試動了動腳，總感覺有點奇怪，好像沾到了什麼東西。他伸手摸了摸，摸到一

片散落的黑色碎渣。他能看到那些碎渣移動的路徑，眼睛隨著路徑移動，看到廚房。廚房地上到處都是水和咖啡渣，熱水壺和咖啡杯子倒在地上，似乎是在煮咖啡的時候打翻了。他輕蔑地轉開視線，對自己感到憤怒，雙眼茫然。

60　藥局門口（白天）

貨車停在一旁，濟浩站在藥局前面。稍後，一隻腳纏著紗布的具先生從藥局走出來，手裡拿著藥袋。濟浩往貨車的方向走去，具先生跟在後面。

濟浩　（在駕駛座的門前猶豫不決）要不要去喝杯冰涼的啤酒？

61　居酒屋（白天）

好像每個車站前面都會有的破舊啤酒屋。五百毫升的啤酒杯已經空了一半，濟浩和具先生一下看電視，一下看窗外。窗外，有穿著學校制服、一邊發出怪叫、一邊蹦蹦跳跳的男學生們；有拉著廢紙回收推車的老爺爺；有快速走過的人們⋯⋯濟浩看著窗外的風景，模樣不知為何有些淒涼。然而，看著這幅景象的具先生似乎很放鬆，很平靜。

62   田地（第二天，白天）

蟬鳴。廣袤的田地。

（除了琦貞以外）全家人都在田裡工作。

汗水流進昌熙的眼睛，刺痛讓他不停地眨眼、擦拭。

慧淑不能蹲下，只能彎腰工作，途中她直起腰，哎唷。

昌熙　這樣腰也會跟著受傷，你站著做啦。

慧淑　哪有人下田還站著的啊……（再次彎下腰工作）

昌熙觀察著濟浩的臉色，故意走到濟浩旁邊幫忙。

濟浩的表情不甚友善，只專注在自己手上的工作。然而，當濟浩看向某處時，手上的動作停住了。

昌熙也跟著往那處看，是正走過來的具先生。

美貞也往具先生看去。

濟浩　你就好好休息吧，腳傷都還沒好……

具先生一聲不吭地開始幫忙，結果變成大家一起工作。

畫面跳轉，

眾人喝冰涼飲料的休息時間。大家都各自佔據一處安靜休息。頭髮和臉龐被汗水浸濕。這時，風輕輕吹拂，沁人心脾。大家都在原地安靜地享受微風，美貞的帽子忽然被風吹掉。咦？

本以為會被吹落在地上，卻忽然間又飛了起來。

眾人看著飛翔的帽子，片刻之後掉到小溪那頭。

頗有寬度及深度的河川（溪流），附近沒有橋。

昌熙　你只能從那──裡的橋過去了。

慧淑　（指向反方向）那邊比較快。

昌熙　那邊更快吧。

慧淑　啊，連目測都不會的傢伙，那邊更快啊！

美貞　（站著，一下看向這邊，一下子看向那邊）

具先生（把負傷的腳慢慢伸進運動鞋裡，綁緊鞋帶）你待在這
　　　裡。

他是打算去拿回來嗎？這是怎麼回事？家人們的視線像是在這
麼說。大家都一臉好奇地看著具先生，然後昌熙站了起
來⋯⋯

昌熙　我去拿回來。

具先生無所謂似地一躍而起，往河川完全不同的方向走去。

昌熙　（看了半天對美貞說）具先生，要去哪裡？

美貞　（我也不知道，只是看著具先生）

昌熙　（看著具先生，指著帽子掉下來的方向）不是在那──邊
　　　嗎？

247

但是，具先生依然故我，

就這樣背對河川，繼續往前走。

昌熙 （E）你到底是怎麼來到這個社區的？

〔INS. 隨著女人的一句「快下車」，堂尾站車站招牌上方開始飄起雪花。雪花打在身上，具先生盯著某個地方。相隔較遠之處，美貞的側臉。兩人似乎都從車站走出來，站在雪中。〕

〔INS. 下雪的那個冬夜，公用電話亭裡具先生的背影。〕

賢振 （F）你要是就這樣順著走，早就遇上麻煩了。你是怎麼知道要避開的？

依然背對著河川，繼續往前走的具先生臉上。

〔INS. 美貞：「所以，你來崇拜我吧。這樣到了春天，無論是你還是我，都會變成全新的自己。」〕

走了一段路的具先生停下腳步，像是下定了某種決心，轉身往河川的方向走去。

他挺直略為駝背的上肢，調整呼吸，輕輕地在原地跳了一下，接著開始往河川奔跑。

不會吧⋯⋯全家人都露出不可置信的表情。

具先生漸漸加速，與小溪越靠越近，眼睛倏地睜大，哦哦哦⋯⋯

下個瞬間，具先生騰空飛越，挺起胸膛，在半空中踢腿。

EPISODE 4

那是人類做得出來的動作嗎……全家人都感到不可思議。

具先生平安落地於另一邊,所有人都嚇得無法動彈。

就這樣,具先生走過去撿起帽子,

下一集中,兩人將要進行的對話繼續進行。

具先生　你確定嗎?這樣到了春天,無論是你還是我,都會變成
　　　　全新的自己。

美貞　　(E)我確定。

具先生撿起帽子拿在手中,為了回到這一邊,再次背對河川往
前走。

具先生 (E)我要怎麼崇拜別人?

美貞　　(E)替那個人加油,告訴對方你什麼都做得到、你可以
　　　　克服一切,支持那個人。

具先生為了再次助跑而轉向正面。

像是下定了決心要這麼做,深呼吸,然後開始跑步。

速度越來越快,變成全速奔跑前進,跳躍。

就這樣,具先生在空中飛翔的模樣。

演員訪談

《我的出走日記》是一部讓我身為一個人及一個演員都更上一層樓的作品。

李伊

（飾　廉琦貞）

不少觀眾都十分喜愛直率的琦貞。對演員來說，琦貞最惹人憐愛的瞬間是什麼時候？

好像每個瞬間都是。又哭又笑，忙著去愛，活得最激烈的琦貞太可愛了。時而可愛，時而煩躁，時而害羞，時而失望的樣子也是。

琦貞有很多喜感逗人的場面。在回答這個之前，我們可以看到演員李伊在飾演具有強烈個人風格的角色時，呈現給觀眾的另一面，沒有任何不協調的感覺，觀眾也自然而然就接受了。

這段時間，我演出了很多故作瀟灑帥氣的橋段，付出了許多努力來擺脫率性的部分。我也跟琦貞一樣，是那種很聒噪的人，有很多想說的話，也有很多想做的事情，但由於本身個性草率冒失，所以時常發生各種事件及事故！在這部戲中，我打算展現我最自然的一面。

琦貞對感情十分坦率，也很純真。不過，有時候也會無法控制自己的情緒。劇中的衣著與髮型都完美呈現出這種性格。琦貞喜歡穿顏色鮮明及有花紋的衣服，這與不善表露感情的美貞總是以低彩度為主的服裝形成鮮明對比。

　　一切都是從廉琦貞「好想變漂亮」這一句話開始。她如果是勤奮地去醫美診所或百貨公司的人，會怎麼樣呢？我的感情起伏就跟琦貞一樣（笑）。

琦貞的台詞中，有許多都讓人產生共鳴，例如「我想說些輕鬆的話」、「應該不會讓人愉悅，只會不悅吧？」之類的台詞。吐氣的時候也會有感到痛快的瞬間吧。

　　我正好也很喜歡那段台詞。付出愛情的時候，不要欲擒故縱，要直接給予滿滿的愛才對，琦貞的這段話實在太棒了！我們所有人都要擁有滿滿的愛！

請選出最喜歡的場景。

　　我最喜歡跟家人坐在一桌吃飯的場景。

請問您在什麼時候會有解放自我的感覺？

　　當我安靜地待在大自然中，就會產生解放的感覺。

《我的出走日記》對演員來說有著什麼樣的意義？

　　這是一部讓我身為一個人及一個演員都更上一層樓的作品。

255

感謝大家喜愛《我的出走日記》。廉家三姊弟現在應該在哪裡過得很好，琦貞應該對泰勳嘟嘟囔囔的，把這份餘韻銘記在心，奮力生活吧。愛……不，我愛你們。

李伊

劇照

Essential 42

我的出走日記 1
朴海英 劇本書
나의 해방일지 대본집 1

作者　　　朴海英 박해영

譯者　　　莫莉、郭宸瑋、黃寶嬋

書封設計　張添威

內文排版　立全排版

主編　　　詹修蘋

行銷企劃　黃蕾玲、陳彥廷

版權負責　李家騏

副總編輯　梁心愉

初版一刷　2024年9月2日

套書定價　新台幣1400元

出版　　新經典圖文傳播有限公司

發行人　葉美瑤

地址　　臺北市中正區重慶南路一段57號11樓之4

電話　　886-2-2331-1830　傳真　886-2-2331-1831

讀者服務信箱　thinkingdomtw@gmail.com

總經銷　高寶書版集團

地址　　臺北市內湖區洲子街88號3樓

電話　　886-2-2799-2788　傳真　886-2-2799-0909

海外總經銷　時報文化出版企業股份有限公司

地址　　桃園市龜山區萬壽路二段351號

電話　　886-2-2306-6842　傳真　886-2-2304-9301

國家圖書館出版品預行編目 (CIP) 資料

我的出走日記：朴海英劇本書/朴海英作；莫莉，
郭宸瑋，黃寶嬋譯. -- 初版. -- 臺北市：新經典圖
文傳播有限公司, 2024.09
第1冊；14 x 20.5公分. -- (Essential；42)
譯自：나의 해방일지
ISBN 978-626-7421-38-3(全套：平裝)

862.55　　　　　　　　　　　113010649

This book is published with the support of the Literature Translation Institute of Korea (LTI Korea).